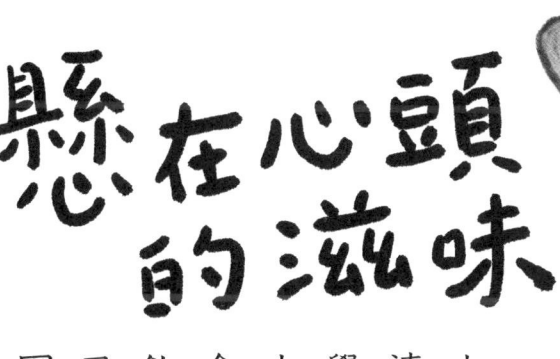

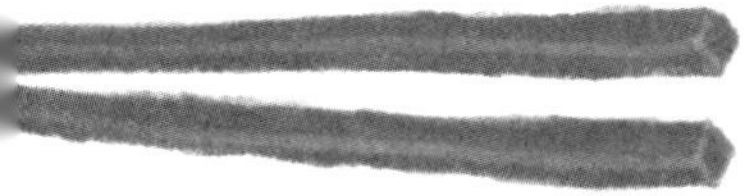

懸在心頭的滋味

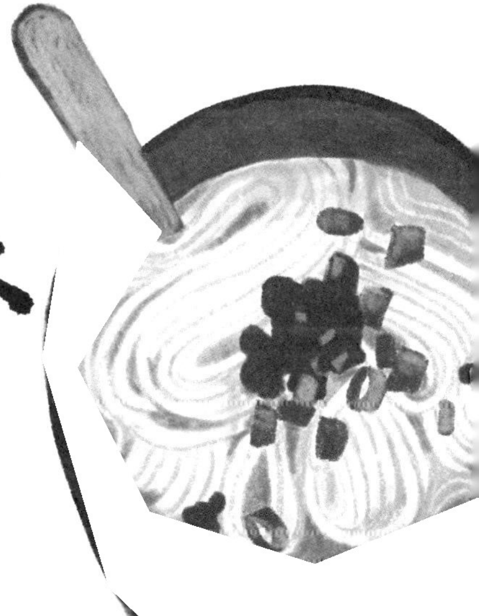

國民飲食文學讀本

李純瑀（魚小姐）／編著

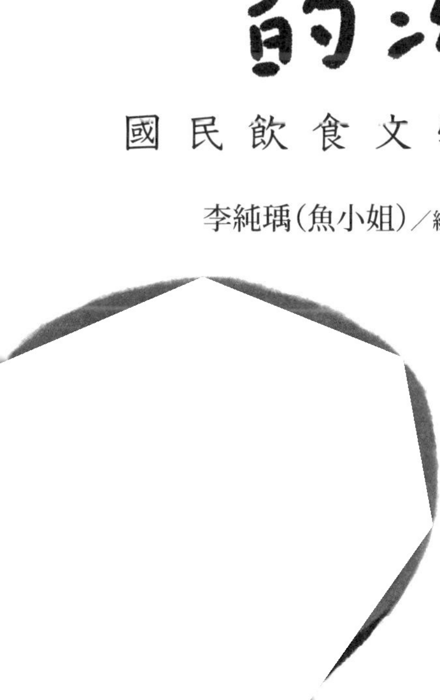

目次

輯二／人間　如常不如常

輯三／大夢　好好生活

輯四／四方　三江五湖

序／餘味。

李純瑀

「飲食」與其相關之人事物，於我而言像是一幕幕難分難捨的場景，任憑喜怒哀樂、悲歡離合抑或數不盡的貪嗔痴，都悄無聲息的逗留在一頓飯菜裡。

雖說這景色應有重彩濃墨和輕煙飛絮之別，但總是會隨著情境變化、物換星移而予人迥異於前的記憶，那麼「飲食」也就隨之產生了新的面貌。

若由我為之反覆咀嚼，盼著能抽絲剝繭的牽引出一縷縷的幽微情感，也許苦澀也許歡喜。因為我深信，當飲饌與內心某個深處相結合時，每個人的那段曾經即不再如夢幻泡影。是以撫著心，尋出了遊走江湖、滄海桑田、任情人生、源於聚散……試圖從文字、料理、食材中再次領悟「心」的出走與回歸。

耳邊響著絮語，不停迴盪著的是生命的完整，該是什麼樣子？〈女人魚攤〉的痛快灑脫、〈來去呷一碗麵〉的家族記憶、〈地獄裡沒有炸雞腿〉的釋懷坦然、〈苦瓜〉的回首感慨、〈筷子〉的卻道天涼好個秋……何其有幸，我們在故事中彷彿相逢知己，酣暢淋漓的看著大戲搬演且訴盡人世。

回首，交織著休戚與共
人間，浮沉著往日情懷
大夢，勸解無常與平常
四方，訴說初心與變遷

每篇文字的情調自是不同且復刻著各自的飲食歲月。倘若我讀著欣喜，許是他人讀了悲涼。推敲之下終歸於「情」之不同，這份情環繞了時空、青春、存亡、聚散、無常，體驗過世態炎涼或人間溫情者自有極為不同的觸動。是以我不願拆解文意，只是緩緩道出自身感受。想來，作家琢磨自身與飲食間的關係又付諸文字，自然是希望這蘊藏的情感能被深刻體會，能被大千世界中芸芸眾生施以萬般理解。

輯一

回首　依稀少年

吃麵的兆頭

洪愛珠

與男子往來一段時日，多約在台北城內的咖啡館和戲院。好感若干，是否生情還說不定，但總之止於禮。這日他說，想到我家附近，看看我常提及的寺廟與市場。

「你來。一起到寺裡拜拜，拜完去吃麵。」我說。雖說彼此手都沒拖過，相約在鄉里拜拜吃麵，已是交淺言深。

寺是湧蓮寺，麵是切仔麵。

老家在觀音山下，與蘆洲隔一條數十公尺短橋。生活買辦，多去蘆洲。切仔麵在蘆洲有百年歷史，是成行成市的行當。百年湧蓮寺周邊半徑一里內，數來十多家切仔麵鋪，遠些，連長榮路一帶也算進來，有二、三十。

年長一點的朋友，說起往昔台北城，街頭巷尾常有切仔麵，如今少了。我想朋友若來蘆洲一探，就不必嘆息。切仔麵在此地全是旺鋪，用餐時刻人潮騰騰，毫無頹態。

切仔麵伴我三十多年，感情縱深複雜，家族成員各有心得。但鮮少與朋友一起，恐顯得太過親熟隨便。請客吃飯，與人應酬，還是上體面一點的館子去。

切仔麵是家常小吃，勿過分隆重地看待，比較自得。蘆洲周邊許多家店，僅有少數翻修過，其他難免有點草草不工。地面有溢濺的油湯，桌椅未必成對，美耐皿盤邊的花紋都磨糊了。油湯生意忙，公私場域難分。店家的小朋友，在角落攤了一桌子作業和玩具，家長手裡揀地瓜葉，一面投入鄉土劇裡互吐毒句或搧人巴掌的情節。

本地人吃切仔麵，是數十年的吃下來。熟鋪公休，附近再挑一間即可。眾店之中，最老的近百年，年輕一點的，也有三十好幾。質素皆頗可以，各有強項。麵有粗細之差，湯有清濁之別，有切肉甜的，或內臟特別嫩的。麵店可以當作家庭吃飯的延伸，食材一點也不顯赫，調味簡淨得近乎原始，然而經過仔細的處置。通常價格還非常廉宜。

因此約人去吃切仔麵，意思近乎於，家裡隨便坐坐，吃個便飯。如今人們在社群媒體上，輕易積累數百上千位朋友，不小心就信以為真。實則心裡一篩，即知誤會。能隨便一起吃碗麵的對象，百千之中，實沒有幾位。

長年吃麵，同伴有消有長，兒時是整個家族一起去，長大後，一個人去的多。如今加上眼前這位男子，就有兩人。兩人吃切仔麵，總是比一個人好。此說非是基於感性，是講實情。世上許多麵都適合獨食，但說到切仔麵，人數愈夥，就愈好吃。

◆

從前我家吃麵，偌大陣仗，一家三代數輛車同行。外公是白手起家的商人，模樣清瘦，聰明有神。外公飲食挑剔，比如他每年夏天，釀一年份的荔枝酒和蛇酒，僅供自酌。比如他吃粥，粒米不進，只喝頂層的米湯，閩南語說「泔」（ám）。因此家裡熬粥，米落得多，才能熬足泔，供外公晨起喝上兩碗。用潮流話講，外公很不好搞。外公晚年跌壞了腳，此後只能短程走路，因此外公想吃麵，晚輩們速去駕車，一家人浩浩蕩蕩陪著他去。

外公鍾意「大廟口切仔麵」。

此鋪在得勝街尾。老街至此收窄，你若見店招搶眼、鋪面寬闊的「添丁切仔麵」，再往裡走，即達大廟口。大廟口店矮堂深，裝修基本沒有，是蘆洲現存最老麵鋪之一。草創時無店面，扁擔就擺在湧蓮寺口，故名大廟口，至今有八十年。一眼望去，店裡老漢極多。至今仍無紙單可畫，熟客頭也不抬就點菜，坐下便吃。

大廟口清晨開門，下午收檔。循舊社會的道德，切菜不放隔夜，當天未用盡的肉湯，打烊前全數傾掉，隔日從頭再來。一切準備，只為今天。

天未亮即熬湯，麵湯是規模經濟。深鍋入清水，水沸起，其他鋪了多放大骨，大廟口更煨浸以巨量的豬肉。三層肉為主，兼有嘴邊肉和肝連。大塊肉在清水裡煠，肉成之時，湯已深濃。入口鮮滋滋油汪汪，清香腴美。愈近打烊時分，湯頭愈呈乳白色。

大肉起鍋，擱涼備妥。店東周先生工作時趿著木屐，營業期間裡外忙碌，他連續切肉、漉麵，木屐喀喀作響，自成音樂。難得空檔坐下，手裡還忙給豬皮揀清殘毛。大廟口的肉類和下水，皆是接單後才快刀切片，湯裡氽數秒即起，保其甜脆。

附近店家也有為了求快，將肉片早早切成堆待用，風味因此差一截。說句言重的，此肉若本來有魂，魂都飛了。決定鮮肉何時起落，封存其神采，是經驗幻化的魔術，凝結時間的手藝，簡白而精深。

我們一家進店，坐店堂深處兩張大圓桌，長輩一桌，孫輩一桌。二十人同時點菜，七嘴八舌先各要一碗粉麵。在切仔麵店，沒人純吃麵，都切小菜。因此老闆娘必然接著問：「切啥？」我們靜下來，待外公發話，勢如降旨。

「攏切來。」外公說。

攏切來，意即店裡的所有切菜全部要一份。那是盛宴，豬的盛宴。

肉有三層肉、瘦肉、嘴邊肉、豬皮、脆骨。內臟有豬心、豬肝、豬肺、豬舌、肝連、大腸、生腸。一豬到底。連燙盤地瓜葉，都澆上豬油蔥。豬肉全是白煮，材料一壞就無從遮掩，先得經過麵鋪的挑選，才拿來售賣。在本地切仔麵的江湖，選熟成超過一年的溫體黑豬，不採養不足白豬或凍肉，是基本通識，無可拿來說嘴。

倫敦有間迷人的聖約翰餐廳（St. John），菜做得精采。主廚韓德森（Fergus Henderson）先生的食譜書《鼻子吃到尾巴》（*Nose to Tail Eating*），被許多人奉為經典。主因是戰後物資漸豐的英國民眾，淨挑清肉來吃，大量拋棄牲畜其他可食部位。韓以為「既然殺生，應物盡其用，以示尊敬。」因此他的料理多用內臟、骨髓、野禽和怪魚。此論在當代西方聽來新穎，在東方不足為奇，咱是口日實踐。內臟料理在台灣的切仔麵鋪，更是一字排開，淋漓盡致。

人多，切菜就豐富，瘦的腴的滑的脆的皆得。蘸大廟口獨門豆醬，以粗味噌、豆瓣、辣椒製成，是日治時期遺風，稠濃清甘。豬肝剛斷生，帶粉色，潤滑夾脆。肝連環一圈薄筋，慢慢嚼，能嚼出韻。大廟口的三層肉可說是蘆洲最好，每桌點上。僅是恰熟的一清二白豬肉，竟那樣甜。瘦肉也可試，如此不柴，如此收斂而精細。

至今仍記得，不同家人吃切仔麵的偏好。比如外公光是喝湯，並不吃麵；我媽不喜油麵，點米粉或粿條；比如阿姨拒吃內臟，但我媽吃。

媽媽愛吃豬下水，不完全因為味美，有她私人的根據。比如她說豬肺藏污，極難處置。為了外婆從前一道老菜「鳳梨炒豬肺」，少女媽媽和阿姨蹲在門外，取水管接豬肺管，流水不斷沖洗四個鐘，不時擠壓，使黑水盡釋，整副豬肺，從黑洗到白為止。中年後不必再洗，眉毛也不抬一下，就能有一盤豬肺來吃，足以獎勵從前過勞的少女。

豬肺有一種海綿膠感，滿是孔隙和軟骨，有嚼頭但乏味，我自小不愛吃。此外也不吃豬肝，覺得腥氣。媽媽勸，說女孩多吃豬肝，有助補血。我不為所動。但仍把她說過的事折疊收妥。媽媽三年前過世，我長痛不癒。母後去切仔麵鋪，自動吃起了豬肝和豬肺。補血補氣以形補形。自己照顧自己。

◆

外公外婆仙去多年。晚輩今能自由選擇，各自擁戴不同的麵鋪。我和阿姨仍愛去「大廟口」，有時換吃「大象」或「和尚洲」。小舅吃「阿榮」或「鴨霸」，我弟弟吃「周烏豬」。周烏豬為外婆從前的心頭好，據說亦是切仔麵的發源店，如今已翻修得非常氣勢。兒時跟外婆去市場，常繞去吃。麵好，生意極盛，故地板亦油成一種境界。站著不滑倒，還能坐下好好地吃成麵，已很了得。

一人吃麵的日子多了，建立出全新秩序，比如學會吃粉麵，佐黑白切。

蘆洲古名鷺洲，是在清代輿圖中，如謎的台北湖底一塊時隱時現的濕地，白鷺成群起飛的煙水迷濛沙洲。為北台灣的早期開發聚落。據日治時期統計，彼時九成住民，都是自淡水河登岸，祖籍福建的同安鄉人。故切仔麵中的麵，是嫩黃色福建油麵。製麵時加鹼水，出廠已燙熟，拌食油防沾黏。熟麵在滾水裡迅速漉過即可食。「切」字是動態，是聲音，也是工具。閩南語發音為「摵」（tshi̍k）。長柄的麵簍子叫「麵摵仔」，從前以竹片編製，現在多改用金屬。竹編摵仔易生霉，但扣出麵來，形狀甚優美。摵仔在沸水裡邊漉邊捽出聲，起鍋費勁甩乾水分，吭一聲倒扣在瓷碗裡。淺黃麵條，編織成橢圓山形。熱湯澆上，一碗霧氣氤氳的微山水。

這種黃鹼麵在南洋也吃，叫福建麵，湯的炒的皆有，風格很多。其中一種湯麵，蝦湯為底，浮著汪汪的紅油。有段時間常去新加坡，當地吃福建麵，見一老漢點一種「粉麵」，半油麵半米粉，兩項夾著吃，柔裡帶韌，一吃就喜歡。回家鄉吃切仔麵，雖然每家麵鋪的菜單上未必都有粉麵，但幾乎都是一聽就明白。

本地切仔麵店麵種不複雜，熟客點菜時並不說「來一碗切仔麵。」而說「麵一碗，湯的。」或「粿仔，焦的。」我試著這麼說：「粉麵一碗，湯的。」能得，同時交換一記「您內行」的職人餘光。

黑白切，在此指的是一盤之中，拼兩種肉，計一份肉的價，專供單獨用餐的食客，是店家的體貼。我自小胃口養大了，一人吃切仔麵時備感受困，切了東就得放棄西。不甘心專吃一種肉，就點黑白切。一人點一盤三層肉和豬肝雙拼，粉麵一碗，青菜一份。營養俱足，心頭滋潤。一百出頭，是常民式澎湃。

長輩的公子是本地人，在蘆洲吃喝習慣，一回進市中心吃切仔麵，年輕人胃口好，如常要了飯麵各一碗，肉切數種，豆腐青菜各來一份，埋單時竟費四百，抬頭一看，一盤切肉要八十。心裡暗驚，痛處又不好說，只能咬牙付帳。我聽了也覺得可憐，很能同情。

◆

年過三十的單身女子，若貌似無憂無慮，旁人就開始比妳著急。安排好的相親不叫相親，說法是「去交個朋友」。我既是挑剔外公的長孫女，自知秉性，不會妄想真能交上什麼朋友。若有心願，求一位吃麵的同伴就不錯了。

見了其中幾人。

其中一位男士，帶我到專售鵝肉的店，卻只要了一碗麵，兩人以細碗分食。此外全店的鵝肉、鵝下水、鵝頭、鵝屁股，這位哥全數略過不點，最後點了生魚片，上桌時魚仍含霜。

另一挑了義大利麵鋪。培根雞蛋麵（carbonara）遭廉價鮮奶油滅頂，慘白一片。對方倒吃得很香。家教使我保持微笑，把麵吃了。心裡想，也就這麼一次。

憑藉吃麵，看清彼此的參差，有我趨吉避凶的直覺，和頻繁進出本地寺廟，可能的庇蔭。總之見識過不少感情成災的事，是從生活裡的碎石細沙開始崩塌的。事先有兆，不必自欺欺人。

話說回來，早先那位約我一起吃麵的男人，後來如何？

是這樣。我倆現在還一起吃切仔麵，三天兩頭去。不吃麵的時候，就在家吃飯。最初的拜拜吃麵之約，事後看來，可謂是吉兆。終得吃麵和生活的同伴，謝天謝地，真不容易。

——選自《老派少女購物路線》，遠流，二〇二一

洪愛珠

台北養成，倫敦藝術大學畢。資深平面設計師，工餘寫作。文章多及家庭餐桌、庶民吃食與人景。曾獲台北文學獎散文首獎、鍾肇政文學獎、林榮三文學獎。散文集《老派少女購物路線》獲台灣文學金典獎、Openbook年度中文創作、誠品職人大賞三大獎項等眾多獎項，已授權多語版本。

◉賞析——安穩

李純瑀

一九八〇以降出生的人們經歷了什麼樣的歲月？在懵懂時光中走過社會的變革，逐步體會新興商業模式的進駐、真切感受市井經濟的大幅攀升。且將這段光陰稱之為「轉型」或許稍可捕捉當代的時空氛圍。

洪愛珠及其家人就在這樣的變動底下，維持著家族傳統以及步調，並於一次次的聚會飲食當中豐盈了家庭記憶、滋潤了老派氣色。獲得充足的踏實與恬淡之際，於拾起過往的同時，清明的擺渡著不同世代的讀者，在新舊錯綜間倚著豐足的「家底」，如同靠山一般從不讓自身感到無依。

疏淡筆墨下透出的濃厚深情，讓三個世代間的牽絆自有一脈可循。小至生活的吃穿用度、大到生命的聚散離合，都更顯堅定而溫暖。那極為真切、源於自身經驗的深刻書寫，何嘗不是種屬於市井小民的備寫悲歡離合之致。細膩、動情的曾經，使得質樸人情未曾逝去，那份足以安定漂泊心靈的豐沛活力，就在市場角落、小販對話、人世輾轉間，隨處可見；大稻埕、迪化街、湧蓮寺、歸綏街、永樂市場……無處不在的繫著女兒與母親、家族與自身，使得故舊往事永遠如新。

〈吃麵的兆頭〉，一碗麵中蘊含著大千世界。不同的切仔麵店家各有其食材特色、料理風格，亦各有忠實擁戴者；相同的是一碗碗尋常小吃乃是親暱與否的指標，就像人們心中總有些餐廳、小吃攤……只適合孤身前往或者和被自己認可的人同行，少了分毫的在乎都不宜結伴。

一如文中不甚相熟之人能否共赴切仔麵之約：「能隨便一起吃碗麵的對象，百千之中，實沒有幾位」，這樣的界線純粹順應自然而非強求於外在形式，只是那份順應自然的標準藏在心中，恐難以言喻。一碗切仔麵帶來的兆頭，於微笑中見得真章。頻率相合狀態下，人事的一切自是水到渠成。

〈吃麵的兆頭〉正是那平淡生活中的無為而治，實則溫潤踏實。

苦瓜　六──隔年三月

焦桐

幼年家貧，餐桌上多以蔬菜為主，母親有時煮苦瓜封，算是加菜。母親遇人不淑，獨力撫養我們兄妹，那時她尚未中風，廚藝尚可：苦瓜切成圓環狀，去籽；絞肉調味後，加入蔥花、太白粉拌勻，塞入苦瓜環內，壓實，入鍋煮熟。後來我才明白她的心境和討生活一樣，都很鬱苦；卻都是獨自吃苦，從未訴苦。我清楚記得她如何用苦瓜封、小魚乾炒苦瓜撫慰兒女。苦瓜於我，因而有了感激的意思。

台諺「吃苦若吃補」，苦瓜有深味，它的微苦相當溫和；苦後回甘，其味清淡幽雅，予人圓潤感，搭配得宜，更有提味增鮮的功效。台灣苦瓜可粗分為白皮、綠皮、山苦瓜三種，白皮者如白玉苦瓜、蘋果苦瓜；綠皮者如粉青苦瓜、大青苦瓜；一般色澤愈綠則愈苦，山苦瓜深綠色，苦味最濃。山苦瓜又名土瓜、王瓜、苦瓜蓮，深綠色，果米較小，能調節血脂和血糖，抑制脂肪的吸收，被譽為「脂肪殺手」。

苦瓜的味道太深刻了，遂有許多轉喻，張芳慈〈苦瓜〉詩喻歲月的折磨：「走過／才知道那是中年／以後弄皺了的／一張臉／凹的　是舊疾／凸的　是新傷／談笑之間／有人說／涼拌最好」。

白玉苦瓜晶瑩剔透，色白如玉，組織幼嫩，肉厚，汁多，苦味較輕淡，是台灣農業改良的優秀品系，經過多年雜交、純化、篩選而成，強化了抗病性和抗蟲性；二〇一三年開始在中國大陸北方試種、推廣。

我愛那溫潤的白，豐美的真實。也斯〈帶一枚苦瓜旅行〉運用他擅長的以物喻人，所頌即白玉苦瓜：「你讓我看見它跟別人不一樣的顏色／是從那樣的氣候、土壤和品種／窮人家的孩子長成了碧玉的身體／令人抒懷的好個性，一種溫和的白／並沒有閃亮，卻好似有種內在的光芒」；又另有所指地說它晶瑩如玉：

澄澈得教人咀嚼可以開懷
我在說每個人該好好說的

明白的話裡說我自己想說的
混亂的話，我獨自擺放杯盤
隔著汪洋，但願跟你一起
咀嚼清涼的瓜肉
總有那麼多不如意的事情
人間總有它的缺憾
苦瓜明白的

也斯好像特別鍾愛苦瓜，另一首苦瓜詩〈給苦瓜的頌詩〉很美，抄錄如下：

等你從反覆的天氣裡恢復過來
其他都不重要了
人家不喜歡你皺眉的樣子
我卻不會從你臉上尋找平坦的風景
度過的歲月都折疊起來

並沒有消失
老去的瓜
我知道你心裡也有
柔軟鮮明的事物

疲倦地垂下
也許不過是暫時憩息
不一定高歌才是慷慨
把苦澀藏在心中
是因為看到太多虛假的陽光
太多雷電的傷害
太多陰晴未定的日子？
我佩服你的沉默
把苦味留給自己

在田畦甜膩的合唱裡
堅持另一種口味
你想為人間消除邪熱
解脫勞乏，你的言語是晦澀的
卻令我們清心明目
重新細細咀嚼這個世界
在這些不安定的日子裡還有誰呢？
不隨風擺動，不討好的瓜沉默面對
這個蜂蝶亂飛，花草雜生的世界

全詩描述苦瓜的特質，兼及藥理價值。路人皆知苦瓜能清熱降火，能明目，助消化，清涼解毒，利尿，對糖尿病尤具療效，萃取物可抗癌。這種攀緣蔬菜原產於熱帶，屬葫蘆科，經過長期的栽培選擇，適應性已增強，南北各地均可栽培。選購以外形兩頭尖、瓜身直為佳，表皮的鱗目愈大愈飽滿，則瓜肉愈嫩愈厚，苦感稍小。

它的果實如紡錘掛在瓜棚下，瓜面鱗目如瘤狀突起，又稱癩瓜，形似荔枝，遂又稱錦荔枝。其別名不多，《廣州植物志》稱涼瓜，《群芳譜》喚紅姑娘；亦名君子瓜、半生瓜，意謂著「苦己而不苦人」、「不傳己苦與它物」的個性，與其他配菜如魚、肉同炒同煮，會令其他食物更有層次，卻不把苦味傳給對方，人們譽之為「君子菜」。苦瓜雖苦，卻不會把絲毫苦味感染和它搭配的菜。

苦瓜生吃較苦，其苦味來自果實裡的苦瓜素（Momordicine），果腔內的籽和白膜最苦，剖開後宜挖掉。近二十年來流行生機飲食，苦瓜是其中要角，焦妻生前頗信仰生機飲食，逼迫我每天早晨喫五蔬果。我雖則半信半疑，至今仍保持著她規範的習慣，每天早晨出門前，例喝一杯果菜汁，其中的苦瓜味總是最清晰，內斂，深情，善於包容，又堅持自己。

「苦瓜和尚」石濤每天都要吃苦瓜，甚而將苦瓜備奉案頭，畫作《苦瓜圖》筆法恣縱，瓜和枝蔓占取對角線右半邊，瓜斜枝下，寬葉細莖，亂點出渾圓的苦瓜，自題：「這箇苦瓜老濤就喫了一生，風雨十日，香焚苦茗。內府紙計四片，自市不易得也，且看何人消受。」唯有淒苦過的生命能充分欣賞那滋味吧；唯有對苦瓜用情至深的藝術家，才能有這等美學手段。

世間諸味以苦味最不討喜，苦瓜之美卻是那清苦滋味，它不像黃連那麼苦，而是嚼苦嚥辛後衍生的一種甘味，輕淡不張揚的甜，一種美好的尾韻。

年輕時總是畏苦，這種條件反射往往要到中年以後，才慢慢能欣賞苦瓜之苦，其間歷經了人生的風浪，被生活反覆折磨過，欲說還休，坦然接受，復仔細品味。

——選自《蔬果歲時記》，二魚文化，二〇一六

焦桐

「二魚文化」公司、《飲食》雜誌創辦人，已出版著作包括散文《暴食江湖》、《味道福爾摩莎》、《蔬果歲時記》、《為小情人做早餐》、《慢食天下》，及詩等等三十餘種，曾為中央大學教授，退休後專事寫作。

◉賞析——值得

李純瑀

離苦得樂，應是歷經千瘡百孔的人們殊途同歸的追求，行至中年甚而暮年時分，或對於苦味更有深刻體會卻也同時來到天涼好個秋的精神狀態。於是揣想著，焦桐所說自苦而甘的苦瓜滋味，於心靈，真的容易嗎？或者該這麼說，《蔬果歲時記》中每篇文章所引領出寄情自然卻未忘懷世事，甚至在世事中覓得本心的過程，這事，真的容易嗎？

焦桐筆下的苦瓜，藉著細碎的料理過程娓娓訴說童年滋味。苦瓜封，苦味的封存，以非關語言的方式擁抱了母親與生活的苦。那道來源於艱困卻幻化為撫慰孩子心情的料理，滿足了靈魂、透出了感激，甚至產生飯疏食飲水之樂；直至其妻以苦瓜作為每日生機飲品之要角，此物又默默幻化成一份清苦而內斂的深情。不必強求，苦瓜的角色轉換得天衣無縫。

當我們慣以苦瓜的滋味比喻踏過起伏挫敗心境之時，亦同感箇中甘苦確實難以為外人道。生命中的苦已成必然，能否於回首之時雲淡風輕、由苦回甘，端看深淺程度不同的感受；更或者許多人認為自己一生都處在苦境之中，如何與之論其苦澀後的甘甜？說到底，世俗中人終究無法全然支配自身命運，唯有透過精神世界的自在與逍遙，方能真正感受超越情緒的解脫。然而那條充滿挑戰與掙扎的道路實在太難、太苦，怎能輕易要求身處其中者清爽脫離並且客觀看待自身？

此番心情，透過〈苦瓜〉提出不少概念語言，意謂著自身的體會才是主角。好比以新詩訴說詩人的感懷、以科學分析苦瓜的特質，在文與詩、感性與理性的交錯中，以更多元的理解換取坦然自適、淡定於世間的氣息。

從細微末節處流露出的記憶，明亮而溫潤。飲食成為飽含生命力的歲月，在千錘百鍊後臻於和諧，一如〈苦瓜〉訴說的情懷。是苦是樂自是如人飲水，然而苦得不討喜的閱歷終究在百轉千迴後被提煉出淡淡甘味。因其不易，方顯得內在順遂的難能可貴，即在〈苦瓜〉中明白苦樂相伴亦從不衝突的內心境界。〈苦瓜〉，真是最苦卻最值得體會的精神救贖。

七月二十四日
手打雞肉筍丁丸子蛤仔湯

毛奇

中部夏天的家鄉味是什麼呢？

對我來說，不是焢肉，不是以主菜形式登場的鹹香肥嫩三層肉。是清幽出現在各處的竹筍。筍丁、筍絲、筍片，跟著豬肉的美味身影，出現在中部肉丸的筍丁肉餡、嘴邊肉筍絲清湯、大骨控筍片湯。

早起挖起的覆土鮮筍，要天還沒亮的時候挖起，曬到太陽轉青的竹筍會泛苦，彷彿多讀人間空氣幾分，心就苦了點。被仔細照顧運送的鮮筍，滾水燙熟，甜若水梨，是口感和味覺的一大享受。切成小塊與細絲，秀氣地點綴在小食料理中，增加口感，解膩提香。

今天這道湯品是台北上班的女兒想起中部的家裡，夏天到了爸爸總會嚷著要吃筍湯的季節料理。家裡後頭就是大坑山，小販在登山口附近賣的筍湯算是當地特產。我沒有媽媽和奶奶挑筍子的功力，也不好意思明目張膽，在攤販前用指甲掐入筍心測試生嫩程度，怕那筍之後就沒人要買。隨意挑了隻看起來最不綠的，先下一刀，剝去厚重的筍殼，滾水煮熟。

這回夏天筍子大出，綠竹筍，上菜市場時小販總一小堆五十一百地賣，我運氣不錯，這些筍買回家搶先燙熟，都不怎麼苦，筍小也口感細緻。但有時候也想吃那大根筍子，纖維的口感嚓嚓嚓地很爽快，就挑根太陽曬得少的，回家用大菜刀把外頭筍殼剝掉，削去粗礪部分，丟冷水煮到滾。

筍子煮到苦水淌出，撈起來，取一段切丁備用。

另一邊，拿出準備好的雞肉，切丁後，用大的菜刀剁成泥。不急，想著心煩的事，篤篤篤地把雞肉敲成碎末，刀背一抹，收整，換個方向繼續剁。事實上剁肉的時候不宜分心，所以是一個把煩心之事搭配摧毀與創作的刀把，慢慢淡出腦海的方法，紓壓。

有彈性的雞腿肉，剁好拿起來摔幾下就可以跟瀝乾水的筍丁混好，準備調味。

若是雞胸肉，剁成泥後，建議要加入一顆蛋白，增加肉泥加熱後的黏著度。肉泥、筍丁、一點香油、中藥店買來的白胡椒粉、幾滴甜甜的好醬油，攪拌均勻。熱一鍋滾水，用虎口擠出一球一球雞肉筍丁泥下水，燙熟，就是筍丁雞肉丸子。

雞肉挑選，因為要剁成泥，選肉雞就可以了，在這道料理，吃不出太多土雞和肉雞的差別，省點錢。

這次稍微厚工些，丸子燙好定形後，另外煮一鍋蛤蠣底的湯，水滾加入剛做好的丸子和芹菜丁。整鍋就是鮮味滿溢，山珍海味又不失清新的夏日好湯。多燙的丸子可以冷藏起來，跟其他沒切丁的筍塊也是非常好用的便當菜。不瞞各位，這樣的組合，一次做好，晚餐和隔日的午餐就齊全了。在辦公室裡，還能得到同事們的稱讚呢！

——選自《深夜女子的公寓料理》，二魚文化，二〇一七

毛奇

本名蕭尹琪，深夜時段起家，烹煮料理以明志，作為在都市求生的方法。人類學學徒，曾經行走異國與台灣鄉鎮尋訪食物產地與人群，怎麼吃，如何吃，跟誰吃的溫存蘊藉的種種故事所在多有。出社會後，從事文字媒體與影像工作，透過每週《聯合報》副刊專欄（二〇一五年六月～）一畦小小的園地，用烹煮食物與書寫跟人們說說話。

相信吃東西的時候，是人離自然最接近的神聖時刻。

作品散見於書籍與報章媒體：《澎湃！來去產地小旅行》、《小農復耕》、香港《號外》雜誌、《非常木蘭》媒體、《食力》新媒體、《鄉間小路》、《端傳媒》……等。

◉賞析——如常

李純瑀

毛奇寫吃，在不起眼的小事中流淌著遠離喧囂、拋卻繁華的純粹之感，兼有平易近人的輕鬆筆觸。以寧靜而不受干擾的姿態凸顯生活中最容易也最為艱困的態度：該吃吃、該喝喝，人生應如此，沒有萬馬奔騰、不需轟轟烈烈。

縱使日復一日，仍有其必要性。

無論晴雨，步調如常。

固然飲食有節然而心境上應當無拘無束，自然的本質亦為人生的根本。在毛奇簡單、緩和的飲食紀錄中，不見絢爛奪目、五光十色的頂級饗宴，一切都是家常。然而「家常」容易嗎？對許多人來說，能靜下心好好吃一餐都是難事，日常倒是成為令人嚮往的境界。若能如同毛奇般順應四時、依據不同場域的揀選食材、品味食物，竟是「看似尋常最奇崛」之事了。

隨著熟悉的料理步驟，在不經雕琢的食物和書寫下隱然提供了自給自足的安全感，一旦踏進了然於胸的環節，因應時節的食材、舒緩的烹煮過程、搭配恰當的調味或飲品，有時還就著身體狀況調整烹調配方，無須追求多麼拍案叫絕的大菜，而是在順遂的流動之中圓滿一日身心。

毛奇的飲食體驗有著依循直覺式的喜好與習慣。在平日、在旅程、在家鄉，在各地的人情與互動之間，不見食不厭精、膾不厭細之道，而是沿著最適切於當下的心意，讓每道食物護送人們拋開出門在外的顛沛流離、碰撞得頭破血流之傷。能夠安然的吃喝，這才是我們能作主的自由時分。正如〈手打雞肉筍丁丸子蛤仔湯〉所云：「事實上剁肉的時候不宜分心，所以是一個把煩心之事搭配摧毀與創作的刀把，慢慢淡出腦海的方法」，簡而言之那是個相當療癒的過程。因此，烹飪的絕美之處正在於平淡平靜的調整自己、養身養心，在身心狀態俱佳之時，又怎會無處安頓。養生之道，莫過如此。

人生再有殘缺，依然期待能夠好好過日子，一步步前行。現實的確不易，有時候瘦骨嶙峋的令人不忍卒睹，且在至為簡單的一飲一食中，不斷豐厚內心深處的安定秩序。這即是毛奇的文字、文字中的飲食、飲食所展現的家常，一種平和卻龐大的幸福能量。

烏龍美食記

栗光

「這還要問？不然怎麼辦？妳第一次來啊？」一連串牢騷來自一位大叔。晚上五點半，S提議去吃○○餡餅粥。抵達時不到六點，人已經滿得溢出來了。排隊的多是老客人，內用外帶無須指揮，各自在小小的店門口成兩列。比我們稍晚到的一對中年夫婦停了車。太太入店問明了還有三桌客人在等，回頭跟先生確認。「就排啊。」大叔雖然口頭只說了三個字，但語氣暗藏一串牢騷。

然而我忍不住在心裡附和他。真的，人生什麼時候都可以三思，唯獨在這間店裡不行。排隊不行，點餐更不行，一想什麼都沒了。上回和S來，怕胖，我邊吃炒貓耳朵，邊想要不要外帶芝麻甜餅。「芝麻甜餅一份！」旁邊客人早一步喊出我的心聲。但更快的是老闆娘的回應：「沒了！」毫不留情打斷兩桌客人的美夢。我懊悔不已，腦裡生出一個容嬤嬤，逼我跪下，緊掐我大腿狠罵：「我教妳減肥！我教妳減肥！」

需要這麼激動嗎？可能需要，○○餡餅粥店小位少，客人多卻沒得預約，每次動念到坐定、吃飽，都考驗福分。多年來，他們不曾為外在褒貶改變作法，也不因現代人工時長而更動營業時間，玻璃窗上寫著晚上七點半收攤就是七點半。多數時候根本七點就賣得差不多了，那半個小時應是店家預留洗鍋碗瓢盆的時間吧。

由於每次都吃得驚險，彷彿眼前就是人生最後一盤，這些年吃著吃著，我和S竟吃得有點性格扭曲了，開始會在經過店門口時，不論有無用餐需求，皆內心劇場大爆發，想像七點二十分抵達的自己，淪落到只剩半碗洗碗水——當然這只是想像，真實世界裡的老闆娘完全不是這樣的人。有次S點了小米粥，粥端來了，老闆娘說不收錢，因為只剩半碗。我瞄了一眼，哪裡是半碗？在其他餐館只會被當作剛好少一瓢。頻頻造訪，想來與她這樣的性格也有關。

我和S還十分享受老闆娘大嗓門的吆喝，覺得那也是菜肴裡的一味，給她喊到的菜都有麵神的祝福，一個個音節都化為亮光光的麵糰等著下鍋。我們尤愛餐後跟老闆娘說這裡的菜真是一流，而她全然無表情的面容。也是，這若不是一流，絕對是客人的舌頭太三流。老闆娘做生意和他們家的麵食一模一樣，扎實又有勁，絕不含糊，也不用討好。

不用討好的滋味，說穿了或許不過是「家常」兩字。然而，說家常，這些菜在家裡絕對吃不到；說非家常，一入口，又覺得那分明是家才有的味。得變個方法，從舌尖探到心尖，細觀脈絡。

我和S不是在交往後才發現這間店的，是在認識的好幾年前，分別住過那一帶、與家人一起吃過，又分別在成長過程中搬家，最後在交往後的某天，不約而同回憶起○○餡餅粥，意外發現它在彼此心上都有位置。我想起從前讀過的料理漫畫，說所謂的好料理，有時在「料」，有時在「理」，但○○餡餅粥給我的，卻是「剪不斷理還亂」的美味：歲月剪不斷這前前後後應有二十年的滋味，它不曾多一匙鹽巴少半匙糖；要想歸類分析這滋味，又總是一入口，心裡便滿盈了貓耳朵的好，不得餘裕，只能待到齒頰留香的一刻。然而，真到那時，卻是更加捨不得思考。

七點十五分，S載著我經過店門口，只剩廚房裡的燈還亮著。

「剩下洗碗水，你要不要？」我問。

「這還要問？不然怎麼辦？妳第一次來啊？」十年後失智的他可能會這麼吼我。

洗碗水能不能喝都搞不清楚了，但還記著在〇〇餡餅粥排隊點餐均不可猶豫。

一樣是老店，有些遭遇差很多，比方說不聲不響消失的●日式定食。

直到現在，每次經過曾有●的地段，我都忍不住想，它之所以撐那麼久，就是為了讓我至少去吃一次吧，不然怎麼吃完沒多久就歇業了？若說人與人的緣分是十年修得同船渡，我和●大概是修了五年，所以五年之後，實在想不到吃什麼的某日，我和S決定試試。

怎料它是個火坑。（S說它更像是●坑，但我不能告訴你。）

也不能說怎料，像這樣的火坑店，多半在踏進店裡的時候，就會隱約感受到異樣氛圍。倒不見得是看到了過分磨損的餐具、摸到油垢滿布的黏膩餐桌，也不是嗅到五味雜陳後再雜陳的氣味、嚐到焦苦又甜鹹難辨的滋味；它單單就是，即使是一名正滑著手機、與世隔絕的智人，也會瞬間被喚醒生物本能，不明所以地抬頭，在演化史上一路退回到南方古猿，看向遠方山頭風雨欲來、火山噴發。

興許是看呆了，又或是在等待重新進化，猶豫於打或逃的瞬間，員工乘隙送上了菜單，這下只有戰鬥一途。大不了等等腸胃炎。

S的餐點是豬排定食，我的是生魚片。我們各有盤算，也都打錯算盤。他想的是，這東西好歹是用炸的，難吃有其極限；我想的是這東西好歹不用料理，只要忠實呈現食材原味即可。現在想想，我實在太天真了，S的豬排最慘不過嚐起來像炸肉片，生魚片滑入喉頭的濕涼，卻形同一次非禮：眼前忽來一名暴露狂，一路把我追進了死巷，在一番言語及動作猥褻後，竟還想把我也打扮成暴露狂，手把手教我那些本領——我趕緊配著味噌湯給吞下去。味噌湯淡了點，倒是不壞。壞的是味噌湯以外的全部。小菜有冰箱味，茶碗蒸是水波蛋加小塊火鍋料……更糟糕的是，熱湯下肚來不及暖住生魚片，教胃液當場成了那暴露狂的度假村無邊際泳池，飄飄蕩蕩。

想哭的感覺湧上心頭，我問S要不要交換吃。S瞪大眼睛，搖頭，各人造業各人擔。我眼眶又紅了，覺得不能對不起已經死去的魚，縱使牠不知怎地在廚師的黑魔法下變成了暴露狂，終究是一條性命。我為魚的命運而哭，也為自己將被這盤暴露生魚片次次凌辱口腔、咽喉、食道、胃，在黏膜上留下紀錄而哭。

儘管痛苦又煎熬，我們還是吃完了帶著濃濃不潔感的定食。神祕的事情也隨之發生。先是生理的，然後是心理的。

「我沒拉肚子，但感覺心裡拉了。」回家後，我打電話給S。

「是嗎？」我聽見他冷笑，接著說：「我也沒拉，但感覺有人在我心裡拉了。」

掛上電話，我腦海浮現一句日本俗諺：「百年の恋も冷める（百年的戀情也都冷卻）。」有了分手的心理準備。我不怪他，觸景傷情也傷胃。

然而，人生似乎更傾向應驗「凡是沒有打倒你的，都將讓你變得更強大」，我和S雖然花了點時間，還是振作了起來，繼續約會、吃飯。

在付出整個消化系統後，我們終於了悟，平凡無可說的吃食必須被讚美，難吃但不隨意凌辱心靈的餐點應被包容，而幸福得足以紀念的一日，並不專屬於一碗完整的小米粥或一份成功外帶的芝麻甜餅，是你和一個人一起吃了一份招來厄運的定食，可是沒有分手，也沒有對人生失去希望。

——原載於《聯合晚報》「聯晚副刊」，二〇一七年三月二十五日

栗光

為青輔會「青年壯遊台灣」實踐家、吳鄭秀玉女士黑潮獎助金「海洋藝術創作類」得主。作品散見於各大報章雜誌，曾獲桃園文藝創作獎、梁實秋文學獎等，並入選九歌年度散文選，著有《潛水時不要講話》、《再潛一支氣瓶就好》。

◉賞析——隨心

李純瑀

對於吃，〈烏龍美食記〉以令人發噱之姿給予食物最高敬意的尊重，然而此敬重似乎也有表錯情會錯意之時？吃還是不吃，that is the question.

身為老饕，自是美食當前雖千萬人吾往矣。若有位文中自帶氣場的老闆娘相伴，在大啖佳肴同時，除卻個體上的滿足以外還增添了情感愉悅之追尋；倘若作為誤闖食物叢林的小白兔，抱持慷慨赴死的情懷親身體驗不知下肚者為何物的滋味，絕對比從容就義的明知其酸甜仍大口進食更加值得感佩。

人生充滿選擇，挑選今日餐點成為了複雜困難又饒富興味的大事。五味固然令人口爽，然同道菜肴在入口之後依舊是各嚐各的味，而〈烏龍美食記〉是否體現對「美食」有著同情的理解彷彿在於次要，其「味外之旨」、「味在酸鹹之外」，那份可意會而無法言傳的默契倒是更能牽動人們的味蕾。

不含糊也不討好的店家與老闆娘、難以名狀但經營許久的日式餐廳，兩者並存的巧妙就在剎那間令人思忖著扎西拉姆．多多的〈班扎古魯白瑪的沉默〉，要人略帶嚴肅卻不禁莞爾的將詩與文心領神會了起來。

你見　或者不見我
我就在那裡　不悲不喜
你念　或者不念我
情就在那裡　不來不去
你愛　或者不愛我
愛就在那裡　不增不減
你跟　或者不跟我

我的手就在你手裡　不捨不棄
來我的懷裡　或者
讓我住進你的心裡
默然　相愛　寂靜　歡喜

任憑饕客為誰，餐館與菜色皆不動如山。

當人們能講究並聚焦於食物的色香味，是珍饈或者糟糠便不再受限於本身，更多的是生理需求獲得滿足後萌生的在乎，意即飲食空間散發出的抽象情感，這是眾多感官的結合亦是除卻動物性歡愉之後走向更高層次的審美狀態。論及此，自然不覺〈烏龍美食記〉真為烏龍，倒是以詼諧情韻展現了「逆境求生」的決心，豎立對食物的無比真誠同時有感有味的憐取眼前人，相互理解最真實平凡卻難以企及的絕妙美食以及人生。

烏龍的意義、吃還是不吃，都值得由衷讚嘆。

永康公園美學生活

韓良露

台北的老社區，少有像永康公園一帶，可以呈現如此巨大的民間創造活力。環繞永康公園附近的永康街、麗水街、金華街、青田街，就像在一個特殊磁場旁的放射光圈，這些街道，在保留原有的東門町安適而沉穩的性格的同時，又一直以獨具特色的人文品味，發展出台北最成熟的人文住宅區。

永康公園的人文風情，不像師大龍泉街或台大溫州街那裡的學生氣和波希米亞風，這裡最恰當的形容是，傳統公教氣加上布爾喬亞、波希米亞混合的「布波風」。

沒有一點美學論述能力的商家，很難在這一帶長久立足。永康公園附近曾經聚集了一些獨特的茶房，例如典雅的「冶堂」、「人澹如菊」、「別茶院」，主人不僅賣台灣茶，也賣茶道、茶時光。在治堂買茶，也許會看到詩人楊澤斜坐在明代椅座上，和主人何健先生正在清風明月閒談中。而人澹如菊的女主人租下傳統的日式老宅，改裝成幽靜深遠的茶室；在別茶院裡，客人喝茶得像打坐般專注才行。

自在飲食美學

公園旁有一家我很喜歡的蔬食店「回留」，男主人是美國人，卻很懂得中國文人的生活。在陽明山後山燒柴窯，回留中擺放著他粗樸的陶作，他自創風格的文士插花，自有一番飄隱風味。此公還能寫春聯，書法之風爽直富野趣。

回留的日本觀光客頗多，都是人文型的旅者，有興趣於中國風的茶道。這裡用的茶都是野茶，意謂著那些不經化學施肥、灑除蟲劑的自然農法種出的茶，而店裡獨特的各式蔬食，也都是有機蔬菜。回留的女店主還會不時尋找一些季節的野菜，讓入口的滋味常有季節的香味。

一般餐館，是不容易讓人靜心沉澱，回留於我卻有這樣的功能。也許名字取得好，空間可回旋，時間可停留。女店主放的音樂也讓人歡喜，偶爾聽到台南雨聲社的蔡小月的南管，讓某個下雨的午後變得幽靜深遠起來。回留是那種有主張的店，也許可以稱之為慢活、慢食之類，但主人並不張揚，要客人自己細心體會。

回留草木扶疏的門前、有山櫻花在前的那條巷子，是永康公園一帶的名店聚集區。這裡的名店不同於由大資本、大廣告建立起的商場噱頭，而是小小的、反映主人生活趣味的個體名店，例如本來開在公園旁、只占一個小三角窗店面，諧音騎樓的「Cello」，是大提琴手范宗沛開的義大利麵店，來往的行人都可看到店主如何下麵、煮麵、調醬汁。（只可惜騎樓關了門，原地址變成醜醜的售屋間。）

另一家「永康階」，小小的咖啡室，大片落地窗可以升起，可以讓客人置身在露天的氛圍中。店外種植了茂盛的青草灌木，一株台北難得一見的咖啡樹，和梔子樹綠意盎然。

公園旁長長的三十一巷中，還有一家有著花木扶疏的小前院叫治堂，茶主人何健多年來安安靜靜在那，為親與不親的各方人士泡一杯茶。

「烘焙者咖啡」，各類人等在此小歇咖啡時光，店主現場烘焙的咖啡豆傳來的薰香，陪伴著黃昏的睏盹。這裡的客人來熟了，都會認得一些客人的臉，但大家偶爾微笑示意，偶爾交談兩句，下回又再微笑示意，每個人來這裡都是讓心靈放鬆情緒。

永康公園四周，也有一些賣手工香皂、精油、花草茶的店家，這是時代的回歸自然的趨勢。不同於百貨公司的專櫃，這裡的店家賣東西的方式和所賣的東西的本質似乎比較相合；注重手工、環保、自然概念的生活用品，在一家有紫藤花院子、木頭地板、老式桌椅的店內販賣，當然比起冷冰冰的百貨公司式購物商場對勁。某些逐漸成熟的台北人，似乎也開始懂得分辨，在什麼地方買東西，跟買什麼東西一樣重要。

生活游於藝

永康公園旁的永康街中段，有家開了近三十年的「游藝鋪」，是我還住在永康街時就認識的朋友開的店。當年這一對夫婦，本來只向家中長輩借一塊陽台大小的空間開店，賣一些從歐洲各地跳蚤市場買回來的舊式手工瓷器、玻璃、銀具等生活用品。沒想到一開不可收拾，遇上台北注重生活品味的七〇年代潮流，索性也把二樓開成了一個遊戲生活的空間。游於藝，成了今日人們朗朗上口的文化創意產業。

游藝鋪旁是花店，再過去是一家開了幾十年的老照相館，在數位相機如此流行的今日，照相館已有了古董的意義。在照相館的玻璃窗內，還可以看到三十年前清湯掛麵的明星薛芳的學生照。這位年紀與我接近的藝人，把時光永駐的倩影留在了一條充滿時光記憶的街上。

強調賣宜蘭家鄉菜的「呂桑食堂」，賣一些台北人不見得熟悉的宜蘭風土滋味，如糕渣、卜肉等。這家店是我宴請海外歸國友人常想到的店；就像有一回舞台劇導演黎煥雄請小提琴家胡乃元吃日本料理，被胡打趣說他可不是專程從紐約回台北吃日本料理的，後來我建議去呂桑食堂吃宜蘭小吃，這位長年在異鄉，回台北想吃台南家鄉小吃的人，也就無話可說了。

永康公園正入口，是「永康公園牛肉麵」的發跡地。我還記得在民國六十多年時，一位退伍老兵在此開始賣滷得酥爛、滋味濃厚的紅燒牛肉麵和擔擔麵，從那時起，這裡晚上永遠人潮洶湧，都是排隊吃麵的人。這位老兵很性格，不愛說話，絕不跟客人聊天。如果客人多嘴吩咐東吩咐西的，老闆一定說：「冉囉嗦，我就不賣了。」奇怪的是，少有人真的生氣走路，真不是為五斗米折腰，而是 碗麵就折了腰。

當然不能不提那家已經搬走了的「冰館」，曾是永康街的地標之一，其創造出了流行全台的新鮮芒果、新鮮草莓奶冰等冰品。這家小冰店也很永康街，製冰、管理都挺性格，而店真小，又是一個小兵立大功的例子。

過了金華公園的金華街一六四巷，「兔子聽音樂」裡的沙發都不成套，賣各種新穎的法義熟食。旁邊的「黑潮咖啡」，店主是海洋生態關懷者，會幫客人安排去花蓮看鯨魚。這裡的小店，屋前都有花園，有台北城中難得一見的綠草茂盛。

還有一家「Cozy咖啡館」（如今叫「雲山」），像閱覽室一般，人們在那裡讀書、打電腦、寫稿。這裡賣十幾種比利時啤酒，這點比上旁邊的師大圖書館要好，那裡可不能一邊喝手工黑醋栗啤酒，一邊看小說。

離這裡不遠處，還有昭和町市場（龍安市場）。原本是賣雞鴨魚肉之地，現在還是有攤子在賣活雞，但許多攤子改賣舊貨古董，都是幾十年前的老東西，像過去的招牌、商標、椅子、燈具，還有大同寶寶。

某個主人想過的人生

昭和町旁本來有一家小小的鐵皮屋，開了日本居酒屋叫「旬」，坐滿也只能十來人，吸引了一些老主顧，這很像京都的一些巷店。像一家賣關東煮的「蛸長」，在鴨川四條大橋旁的小木房內，也是坐滿只有十二位客人。旬這家小店後來搬遷、擴大，裝潢也時尚起來，老主顧反而不去了。因為這裡是永康街，不是東區，客人要的是城裡別處找不到的某些性情，太商業化的店不適合這裡，一定要有些想法，要不就是要有日常性格。例如昭和町旁的那家炒菜店和小飯館，就像媽媽、姐姐開的店，吃的是平常家裡的味道，那位叫辜振豐的單身老兄，就常在此吃煎肉魚飯。

小店旁有一家「一票人票畫空間」，是一群喜歡作畫的人合夥開的藝術空間（由畫家彭康隆主持），每個月輪流展出自己的畫作，在安靜的巷中，安靜地展示著。

這條永康街的街尾，也開了一些夜店，都很小，十幾二十人就坐滿的空間，像東京新宿的小酒館。曾有一家酒館門口還掛切．格拉瓦的照片當店招。

永康公園、金華街口有家賣花枝羹、炒米粉的攤子，晚起的人在此吃不一樣的早餐。旁邊就是小公園（錦華綠地），周遭一些賣老茶的、老理髮廳、老舊貨店，夾雜著年輕人創業的有風格的二手衣店、二手家具店，這些店和東區那些有牌子的店都不同，每一間店都像在述說某個主人想過的人生。

永康街上在彭孟緝官邸舊址的對面，曾經有家賣綠豆湯、杏仁茶、傳統豆花的小店，其綠豆湯要等到過了清明才賣，頗有不時不食的講究。綠豆湯有老式冰鎮的口味，夏日暑熱，吃一碗立即通體清涼，可惜後來卻因為房東加租負擔不起只好收小店，可惜啊！麗水街上林務局老宿舍區內的錦安公園，有國寶級的台灣油杉，這是冰河時期的孑遺植物，平地很少見。

永康街隔壁的麗水街上，除了一些老店外，這些年也開了一些有主張、有想法的小店。像某個在台生活許久的法國人，開了一家結合東方元素與法國元素的「Mausac」（摩賽卡），整間店的風格就是後現代的拼貼、混合。摩賽卡賣各式東西方的茶藝，用法國想像回歸東方茶藝的故鄉。

麗水街上的巷弄之中，也有一些以棉布為主的注重手工趣味的衣服，顯現了布衣百姓的生活風情，有別於東區所販賣的名牌服飾，還有一家索性叫「生活主張」

的店。環繞著永康公園的店家，許多都不約而同創造出某種美學圈子的共識，這是城市多元性格累積成熟後的現象。每一條街道及區域，都有了自己鮮明的地域氣質，如巴黎的拉丁區、瑪黑區，或紐約的蘇荷區、格林威治村。有不同區域特色的城市，一定要有些歲月，台北城從日據時代迄今也已六十來年了，終於有了歲月美麗的斑點。

後味——春分回留

春分前一日，小雨霏霏。永康公園綠意水漾，我又來到了公園邊已謝花的山櫻花旁的回留午食；一邊吃著清雅潔淨的蔬食料理，一邊喝著疏淡的包種綠茶。內心又慢慢沉穩安靜下來。

在過去幾年中，只要想找一個既可以吃飯、又可以靜心的地方，我一定會來到回留。但我從未寫過任何介紹回留的文字，也許是私心想保留一處私密的所在。我在回留已經有了固定的座位，剛好是一般客人多半不會選擇的位置，在屋裡的一角，可以遠遠看著公園裡的大樹森茂，我往往會在那坐一下午，看書、空想、間或聽聽店主播放的南管、古琴或古典音樂。

回留這個空間，在日本也許會叫茶房或山房之類的，回留的名字取得好，兼有時間與空間的韻味，可以是時間的回音或空間的留白，也可以是空間的回旋和時間的停留。

回留是某種生命狀態，需要有所體會才知回留的好，這裡並不標榜賣什麼有機蔬食或自然食材，也絕不會有傳播宗教或健康教義的做作姿態，這裡販售的食物、環境、氣氛，就是簡簡單單，蔬菜入口定會有自然的香甜，而且有種在很多餐廳吃不到的乾淨感，食物絕對是新鮮的，不會放人工化學調味料，連油、醋、醬等等都有特別的爽口。

我從來沒問過店主是怎麼做到這一點的，但我相信關鍵一定在真實的心意，注重各種細節，有一貫以致之的道理在做這些看似平凡的事。

回留並不大，我一直以為廚房在樓上那個不算小的空間裡。前陣子才知道那裡其實只是備茶水間，真正的廚房在地下室裡一個頗大的空間，店主說他希望給在這裡工作的人一個寬廣的空間，畢竟賣給客人的是回留的概念，對待自己人也不可不回留。

這種名副其實、言行一致的價值，其實在許多商業行為中並不存在，譬如說便利商店大做廣告賣新鮮萃取的綠茶絕不新鮮，有機食療商店專門販售各種不有機的藥丸、粉末食品、出菜漂漂亮亮的餐廳廚房亂糟糟、不好好做出白然食材的滋味卻專做概念……。這些年我早已受夠了隨便添加雞精、味精、亂玩食物遊戲，卻對人為什麼吃東西這個行為沒有足夠敬意的飲食商家。

回留論生意並不真好，也許是食物的簡單及價格並不俗又大碗，不太符合流行的吃到飽吃划算吃噱頭的流行趨勢，但知味者都很忠心，懂得欣賞主人在不同時令季節準備的四季時蔬以及獨特的野菜（像一點點春天的野芹，就讓一碗湯的滋味幽微清香起來）。

主人四季插的花都有野趣，用自己在陽明山用柴窯焠出來的粗陶大碗泡野茶，過年那一陣子寫的春聯都不是一般的對句，自己敲打的木桌、椅子、橫梁都有手工的印記。回留不是那種室內設計師大量複製的美學空間，不會有太造作的禪意，這裡也沒有各種要命的美學宣言，只是主人自在的一些心思。

曾有一段悠閒的日子，我幾乎每週下午來個兩、三次，最常遇到的客人，卻是日本人，有的是自助旅行的人，自己前來，吃飯、喝茶，頗享受這裡的閒逸，但也有私人導遊帶來的日本觀光客，有一回我要了他們的旅程表來看，原來三天兩夜台北行的活動之中，除了故宮、中正紀念堂、忠烈祠之外，還有的竟然就是鼎泰豐和回留。在日本人心目中，這是兩處他們懂得欣賞的地方。

我一直覺得回留是那種真正符合文化創意產業的例子，而且是最有原創性的。因為這裡的創造活力來自邊緣的、自發性的生活信念。正是信念讓這裡販賣的生活美學有文化的內涵。這不是資本家光憑廣告操作可以完成的。

台北有不少標榜人文空間的餐廳、咖啡館，許多都還在賣調理包或微波爐餐，或用免洗餐具、筷子。幫個忙，這樣的地方，可不可以不要再稱呼自己人文了？

——選自《台北回味》，有鹿文化，二〇一四

韓良露

走遍五十多國，見識世界風流人物，擅長透析人性的韓良露，她的行囊中有深刻的旅人故事，酸甜苦辣，精采正如她的人生經歷。

韓良露的興趣一如她的旅行視野，廣泛而精采：拍紀錄片、寫電視劇本、製作新聞節目；環遊世界嚐遍各地美食醇酒；旅居倫敦五年，鑽研起占星學及神祕學。

寫作觸角十分多元，廣及旅行書寫、美食、電影評論、占星學、小說、散文等各種文類。著有《愛情全占星》、《美味之戀》、《生活捕夢網》、《食在有意思》、《雙唇的旅行》、《微醺》、《狗日子．貓時間——韓良露倫敦旅札》、《大不列顛小旅行》、《他方的28次方》、《浮生閒情》、《韓良露私房滋味》等書。

◉賞析——兩忘

李純瑀

生活在台北，老舊街區的吃喝與新興場域的飲饌，任憑濃郁抑或清歡，恣意的享受都是必須。

韓良露的《台北回味》便在那消磨時光的午後、配上一盞茶，完整了老台北人的飲食記憶。

《台北回味》中的〈永康公園美學生活〉輾轉了新舊、透徹了歲月。未曾間斷的訴說著昭和町、有著異國風情的巷弄、傳統理髮廳、舊物攤、老宅餐館的故事，這之間的靜謐氣息恰似物我間的融合進而兩忘，或是留神於觥籌交錯間體驗歌舞昇平之歡愉。就像每個人總收藏了幾個如同祕密基地的空間，知曉甚而擁有這些處所，使人順理成章的忘懷得失，專注在那個有厚度、有深情的自身之上，任憑日升月落都讓心緒得以沉澱並享受全然平淡的狀態，安撫以及穩定內在。

〈永康公園美學生活〉中的每一處，走過一回便增添一次流逝，然而堆疊而起的竟是熟悉的安全感，不曾有一絲模糊。雜貨鋪、茶屋、炒菜店、居酒屋、小飯館、咖啡廳……將何種情緒放置在任一角落都是安心。畢竟，我們都明白有些人事物終究飄然遠去，若於回望之時看見的不只是痕跡而是肌理豐厚的踏實感受，那便是光陰所帶來的慷慨且溫柔之贈與，亦是人們步入永康公園一帶之時的心境觸動。即使物換星移，只要身處其中便領略了老物件、舊式裝潢、琴棋書畫詩酒茶是如何一筆一筆細細的勾出此處的大隱隱於市與那綿密的人文情懷。

日落時分，霞光照上或新或舊的店面，曾有過的記憶再度鮮明。倘若文字在腦海中產生影像，那麼韓良露此文正悠然平和的灑出一片蘊藏於遙遠時光中的欣欣向榮之景，此時此刻，深諳於心。

輯二

人間　如常不如常

女人魚攤

林楷倫

看著女人魚攤的阿娥姐和她帶領的女子軍團，我知道。偉大的市場女人背後，一定有個軟爛的男人。

阿娥姐將二十公斤的虱目魚搬上車，獨自搬了好幾件。

來市場批貨的女人，很少像阿娥姐這樣，一人扛起採買、搬貨的工作。在吵鬧的魚市，採買不難，要的是氣勢，而氣勢無關男女。難的是搬貨，一件魚貨輕則五、六公斤，重則二、三十公斤，阿娥姐的生意超好，一天魚貨至少一兩百公斤。

從推車舉到貨車後斗，她做得輕鬆。本以為她沒有家庭或是離了婚，要不然哪有女性會一個人來做這些事，後來才知道她有家庭，兒女讀到高中之後，決定在市場創業賣魚。其他女性魚販都說阿娥姐很勇敢，除了創業，更勇敢的是她不像大多數的女性魚販，都是因為夫家或原生家庭才從事魚販（也因此女性魚販旁邊都會有個男人，可能是先生、爸爸或兒子）。

「沒辦法啦，有一群員工要養。」阿娥姐笑說。

問她，先生有幫忙嗎？她笑說不要亂了，她先生是公務員，不懂買魚賣魚的事，她更不讓兒女幫忙，好好讀書才重要。

阿娥姐不讓先生幫忙買魚賣魚，但年節忙不過來時，先生會來幫忙搬貨。

中元節前一天，阿娥姐很早到場，當我把車停好，她已經把不用經過拍賣程序的養殖魚買好，一箱箱疊在車旁，她先生則跟我一樣在車旁熱身。

「快點啦。」阿娥姐說。

「好啦好啦，別唸了啦。」她先生回。

阿娥姐的先生爬上貨車後斗，阿娥姐則一箱箱地丟上去，讓他排好。阿娥姐買魚的量是我的三、四倍，假日貨常裝得滿滿，一落一落的貨高過貨斗的側欄，用捆貨繩固定，非大節日她都一個人做。

一落疊五箱，多一箱就容易在高速公路上被吹飛。吹飛了，撿不回來事小，就怕撞到別人的車，車損人傷。今天，阿娥姐的先生總多疊一箱，不知燈暗還是阿娥姐恍神，她先生沒被罵，我也不好意思多說什麼。

除了搬貨，她先生也幫忙看顧魚貨，因為年節總會有人偷魚。如果是平日，阿娥姐自己會搬，她的貨量大到魚主會派人幫她上車排好。大節日時，魚主沒有人手，阿娥姐只好請先生來幫忙。

她先生不像賣魚的，就算穿起印有Q版阿娥姐、下方寫著「女人魚攤」字樣的圍兜，也不像是來買賣魚貨的魚販，更像是會亂殺價的散客。不只是因為他穿女人魚攤的圍兜來魚市，更是氣質，一種聽到別人罵髒話會嫌髒的氣質。

沒人會向她先生搭話，我一開始還覺得他怪怪的。他說他是阿娥的先生，打個招呼，又跑回車上。車窗隔熱紙再黑，也看得到他滑手機的亮光，與那偶爾微笑的臉。

魚販的生活時間怎有可能與公務員相同？魚販晚上八、九點就寢，凌晨兩三點出門。阿娥姐與她先生的相處甚至沒有交錯。

「我老公咧，阿弟？」在拍賣場遇到，她問我。

我處在一個三十幾歲仍然會被叫阿弟的地方。

「妳老公熱身完，在車上看手機。」

「沒看到這裡那麼多貨喔……」阿娥姐說。

我心想，低頭族怎會看到這邊有一大堆貨？

她撥LINE，按下擴音，下一批魚的第一簍拍賣即將開始，拍賣員大喊：「金線、金線，大小剛好的喔。」祭拜時，這種十三兩到一斤三的魚最好賣，金線魚先煎再紅燒也好吃。粉紅魚體，黃色體線，鰓邊些許藍紫光澤。阿娥姐邊翻那些魚，邊對我比讚。

她比讚準沒好事，意思是說：讚喔，這裡我全要。她全要就是一次十幾件，比市場的大貨主丸ㄚ、丸ㄅ都還猛。丸ㄚ、丸ㄅ甚至會讓她標，不跟她搶，因為跟她搶，她會幾天不跟那些貨主買魚。得罪阿娥姐就沒有生意做，不如讓一點利頭，也多一條路走。

她還在等先生接起LINE，登登登，登登登。

聲音開到最大，旁邊幾個魚販聽聽自己的手機有沒有響。

九簍金線魚，我不挑最漂亮的第一簍，因為第一簍最貴，我挑大小不平均的第三簍。阿娥姐巡過第一簍到第九簍，其中兩三簍比較醜，但阿娥姐覺得沒差。我抓起第三簍其中一尾金線，從魚的屁屁擠出一點體液，咖啡色的是排泄物，白色的是油，食指掃過，聞一下，又將魚丟了回去。

「不要在那裡擠屁屁，幹，魚都擠壞了，阿娥怎麼買啦。」拍賣員喊。

阿娥姐還在登登登。沒人理會拍賣員，有些人會靠很近聞，有些金線魚味道像學校保健室的碘味，又近似漂白水味，都含在內臟裡，滲入血肉，煮熟也沒用。

每一簍金線魚都會有幾尾被擠過，這是魚販的品管流程。只是不擠還好，一擠整個拍賣場都是那個味道，爛咖A就曾經擠完抹在我的人中上，臭一整天。

阿娥姐還在等LINE的通話，登登登登，她不斷按著競標機，要跟她競標的人就得買她要喊的件數，一次三件，我買不了那麼多，不跟她爭。

開標時，登登登登。

丸娥得標。只有一兩個大盤商的抬價者多按幾下，價格比平常低一些。

「來搬魚，你要玩手機玩多久？玩手機還不接電話，快來搬貨。」她說。

拍賣員手指向阿娥，示意這三件是她的魚，她手比OK。

「阿娥姐，這都妳的喔。」我說。她側頭用肩膀夾著還在擴音的手機，抓起一尾露出白色油脂與腸的金線魚，剛抓起，她就聞到，她已經滿手碘味。她跟拍賣員揮手，可惜已經過了三件，三件不能反悔，過奈何橋也不能回頭。

「這裡怎麼有個臭味，阿弟你的喔？」阿娥的先生走過來說。做事不會做，說風涼話還很在行，拜託，我怎可能買這種魚，我想。

阿娥將第一、二簍臭臭金線魚倒在一起，第三簍用腳推來給我，說：「阿弟這簍給你賣，不用說謝謝，阿娥姐對你最好。」

「三百五，七公斤，不用灌分。」她跟先生說。他聽不懂。

我懂。「才不要咧。」我回。

「長得那麼帥，怎麼那麼難相處。」阿娥姐說。這句話，不就跟早餐店阿姨說帥哥同等廉價嗎？

「搬到車上啦。都你，害我亂買。」

她老公要將一簍簍的魚相疊，又被罵，金線一壓就會軟身脫鱗，壓出腸，味道就會更重。他用鉤子一次一簍拖到車上，彎腰地拖幾次也瘆。阿娥姐沒跟他說旁邊有公用的推車，像是在懲罰。

阿娥姐一件又一件地買，放滿旁邊的走道，走道不夠放，又推來一台推車，將六簍魚排成金字塔。我也搬來一台，排出金字塔，看起來好像我跟她都買很多，其實百分之九十都是她的。

「她買好再叫她叫我。」這句話很饒舌，但她先生對我說得很順，當我傳聲筒。講完，又跑回車上，不知跟誰在LINE，頭低得更下去。

「又來，人咧？」阿娥姐說得大聲。

「我在這啊。」我白目地回。

我以為阿娥姐會罵我髒話說你們這些男人都沒用，但她沒有，只是將她的金字塔推過去，丟到車上，貨車幾次震動，前方車廂的先生手機幾次登登。

她丟得更大力，幾簍金線魚翻倒在貨斗。

一個偉大的市場女人，後面一定有個軟爛的男人。

她先生那時候才出來幫忙，兩人沒有吵架。

「我叫他來幫忙的，有夠難用。」阿娥姐對我說。

◆

中元後，我去找阿娥姐。她的女人魚攤沒有休假，攤位的工作人員都是女性，穿起一樣的圍兜，類似的妝髮，我以為這是阿娥姐家族的姐妹，為了家族才這麼拚，連中元節氣過後都不休息。

「親生姐妹？」我問。

「不同父母的姐妹。她們哪有我美。」阿娥說。旁邊的員工都笑了，口音聽得出是外籍，其中一個看起來都能當我媽媽了。

阿娥姐問姐妹們，有沒有人喜歡我這型的。我說我死會了、結婚了，她又指旁邊的女人，問我：「你有沒有兄弟沒女友的？這個剛離婚，活會的。」

「男人沒什麼好東西，介紹太好的女人給你們也沒用。」阿娥姐又補了句八點檔台詞。

「啊，你不錯啦，阿娥姐不是說你。」旁邊的女人說。

「不錯不錯，來幫我殺魚。」阿娥姐說。

她拿了件圍兜給我，跟她先生一樣的那件，她先生很高，圍兜很長，我穿起來都快踩到。我不懂為何我放假日還要殺魚。

女人魚攤在年節過後的淡市排了滿滿的客人，我殺的魚比我自己魚攤一天殺的還多。本來想在中元後來看看阿娥姐的魚攤，改進自己的攤位，跟生意最好的偷學最快，沒想到變成員工。一群姐姐賣魚殺魚各有各的工作，過重的魚簍，她們會先分成兩簍，一有客人來，便會有人上去服務，客人的手不會沾濕，甚至會翻鰓捏肚給客人聞。還有洗手台給客人洗手，只差沒幫客人噴香水。

阿娥姐做女人魚攤，一開始是為了自己，作為女人不能沒錢，不能只靠伴侶。結果愈做愈大，便找了常跟她買魚卻偶爾賒帳的單親媽媽一起互相幫忙，員工一個拉一個。有些女人孩子還小，卻要創業，不能深夜去魚市，阿娥姐就幫她們批貨。

來這魚攤工作的女人都有故事，她們不常說，只要開口或是想到什麼要掉淚，阿娥姐就會說，靠自己最實在。她們有恨誰嗎？一定有，只不過忙到沒有時間恨，還得留時間跟姐妹出去玩。

本來只是要路過打招呼，卻做了一天白工。殺魚殺到她們要收攤，阿娥姐說要請我吃飯，請我跟她的姐妹們唱卡拉ＯＫ。我拒絕了，魚販的休假日只有禮拜一跟年節過後，要趕回去陪太太孩子，還得解釋一身魚臭。

阿娥姐有心，拿起手機叫員工幫我跟她照一張相，攤位前光太亮，從另一邊拍又太暗，手機的自動閃光燈閃起。我第一次照相瞇了眼，又照一次。

走之前，我也幫她們合照一張。

作為男人都知道，一個人躲在暗處能看什麼，能拋棄工作的又是什麼。我沒跟阿娥姐講她先生在車上幹什麼，我想她也知道。

走之前，我問阿娥姐何時放假。

她說：「你有太太了，不要整天約大姐們出去玩。」

「不是啦，妳農曆七月十六也工作，是休哪一天？」

「每天都休下午半天啊，休那麼多幹麼？」她回。

她還有三、四個員工要養。

「要養老公喔，還是小狼狗？」我問。

「養那個幹麼？養男人他們還會拿錢養其他人，我又不是白痴。賺的都在我口袋。」阿娥姐回。

我想也是，沒有人興趣是賣魚吧，大多是為了養活自己。阿娥姐養了那麼多姐妹，就不養男員工，不是討厭男人，而是讓自己可靠。

我走之前，阿娥姐拿了一袋兩三公斤殺好的金線魚，肚邊、魚頭全都被剪掉。我推掉，她說送也送不完，幫忙吃啦。那晚，我煎了一尾金線魚，魚肚的碘味滲入魚肉，加了醬油紅燒，味道淡了些，兒女都說有個味道，我說是蝦蟹的味道，他們還是不吃，倒入廚餘。

阿娥姐家那幾天的餐桌都會是這些金線魚吧，她先生會吃嗎？

中元過後的年節是中秋，中秋時，阿娥姐沒人幫忙。中秋過後是過年，阿娥姐的副駕駛座多了一人，幫忙搬貨的又多了兩個人，都是她的姐妹。在拍賣台旁，阿娥姐跟一個姐妹一起擠金線魚的腸腹，要教就要教整套。聞一聞，有味道的金線魚，她說跟他們男人一樣，都不是好東西。

男人真的不是好東西嗎？我只好認真點，當個好東西。

阿娥姐已不管先生在跟誰LINE，或是薪水有沒有拿回家，只需顧好自己。在深夜的魚市中，阿娥姐拿起手機照起當日的魚貨，傳給負責社群行銷的姐妹，一來一往，登登登，臉前亮光，很亮，阿娥姐笑得很美。

——選自《偽魚販指南》，寶瓶文化，二〇二二

林楷倫

一九八六年生，想像朋友寫作會的魚販。曾獲林榮三文學獎二〇二〇年短篇小說首獎、二〇二一年三獎，時報文學獎二〇二一年二獎、台北文學獎、台中文學獎等。

人生的愛片是周星馳跟李力持導演的《喜劇之王》，若自己能有張柏芝的泛淚眼珠那就太好了。

◉賞析──通透

李純瑀

從不得不中殺出一條路，林楷倫殺得理性又有戲劇張力。

身為野渡無人舟自橫的「偽」魚販，此「偽」字具備了臨陣上場的慷慨氣魄：既然要成為魚販就得先有魚販的樣子！《偽魚販指南》自此展開披荊斬棘的豪情，一再刷新了人生。讀林楷倫的文章，想是因為他在變動現實中不斷創造轉機的狀態，使人們總能在其文字嗅出柳暗花明的氣息，以及相隨著坦然且笑看人世的氣氛。

人生充斥著各種身不由己，能忠於內心是極大的奢侈。《偽魚販指南》卻展現出本於內心選擇且得以容光煥發、獲得新生的模樣。〈女人魚攤〉中的阿娥姐和一眾姐妹即是如此面目清晰的存在。

阿娥姐是大殺四方的狠角色，她身處命運卻不順從於命運之中。阿娥姐拿到的市場人生腳本，情緒穩定、核心宗旨清晰是她的角色設定——縱使她清楚車窗旁的丈夫總在忙些什麼。

我們無從得知阿娥姐是否有過兵荒馬亂的曾經，但掌管女人魚攤的身影中確實不曾看到枷鎖的痕跡，顯而易見的是一身不羈以及專注於每天都是「有意思的生活」，此番終極目標確立後，身邊人事物的重要性遂一目了然，當她為自己也為了姐妹們一起活，如此意志堅定的同時，許多課題在阿娥姐身上便迅速分離了。她的魚攤扛起的不單是生計而是實現自我價值的重責大任，肩膀上放置的熱情，不需分散給不重要的其他一切。

女人魚攤中的每一箱魚貨，即使再沉重，都是阿娥姐和姐妹們的自由。

林楷倫在《偽魚販指南》刻畫了一道道行蹤，阿娥姐走的那條道路是自給自足且充滿歡聲笑語、不拘小節的大道。當颯爽的阿娥姐站在〈女人魚攤〉面前，人們便能透過她的眼光探索出一往無前、簡單真實、圓滿自身的強大力量。
踏實、肯定的自我成全。

晚餐

萬盈穗

今天又輪到我煮晚餐了。不，應該說，最近每一天都是我煮晚餐。在流理台前反覆思索，牛肉的紋理究竟是如何，怎麼樣切才好一口吃進去，又不會失去咀嚼的快感。我小心翼翼下刀，頭緒比下筆時複雜得多。這光景像極了夏宇在〈雨水一盒〉裡開宗明義所說：「每當日子渾圓飽滿，我就一籌莫展」的相反：「每當日子一籌莫展，我就渾圓飽滿」。

把原本的日子清空，重組一個新的，這是第幾次我尋思，紅蘿蔔到底要整根削皮，還是只用一半呢。這又是第幾次我問，是誰——權力、口號、正義感——輕輕提起我的手臂，讓我親自把家門關緊，又牢牢上鎖？那手感極好，加深我誤以為這是場自我搏鬥的念頭。誤以為，這漫長的緊閉生活，讓我擁有無限自由。

在無限自由裡，怎樣齊整的行程表都顯得閒散，害怕自己邋遢，反過來把空的地方都填滿。如果房子裡的物件被分割成好幾幅畫像，按照時間軸掛在牆上。那麼床鋪的旁邊是電腦桌，電腦桌的旁邊是馬桶，馬桶的旁邊是瑜伽墊，瑜伽墊的旁邊是瓦斯爐，瓦斯爐的旁邊是書櫃，書櫃的旁邊又是電腦桌，電腦桌的旁邊又是瓦斯爐。在這周而復始的圈套裡，「叮咚、登登登」是永不停歇的情境音樂。

我把蒜頭一顆一顆打碎，洋蔥對半分開，忍不住想哭。再也沒有什麼事情可以區分家戶外、家戶內，工作與睡眠被輕易置換，下午茶和問候一起沖泡過淡。

自由就是一籌莫展。一籌莫展使我不得不把每天都塞滿，不得不，把漫無目的的空轉都看做是一場壯烈的搏鬥，或者，一道嚴肅的哲學問題：「今天晚上，吃紅酒燉牛肉好？還是爪哇牛肉咖哩好？」實在無法下定論，喊著丈夫來我身邊，要他幫忙決定，要他與我一同上戰場。

丈夫輕輕巧巧，把紅酒瓶開好，把番茄罐開好，一邊絮絮叨叨：「在家裡悶太久了，要不要出去散個步？今天沒下雨欸，應該可以吧。」

用蒜頭和洋蔥把牛肉炒香，倒入一些紅酒煮沸。再把所有食材、調料一起放入電鍋，加水，兩片月桂葉。「喀噠」一聲，咕嚕咕嚕，慢慢入味。

我和丈夫換上外出衣服，穿上鞋子，戴上口罩。出了門，是一條斜斜的上坡路，穿過兩邊的竹林之後，向右走，在附近的小山丘悠悠閒晃，遠遠看到人就抬起手搖擺，打個無聲的招呼。

就在那裡，我看見一朵小白花。在峭壁、在懸崖、在兩塊石磚的夾縫間，她緊張但奮力地探出頭。

我要將她摘下嗎？我要洗淨一只玻璃罐，裝水後插上嗎？我想像她悠遠的凝望，見證我在流理台前，一籌莫展地切菜、烹調，被油煙燻得皺起眉頭。

把自己養得渾圓、飽滿，是可以的嗎？我想像自己問她。小白花安靜盛開，在我微不足道的日常餐桌上，輕輕點頭。

——原載於《第十七屆林榮三文學獎得獎作品集》，林榮三文化公益基金會，二〇二二

萬盈穗
又名Eucharis Macapili，又名Lici Talavan，西拉雅人。一九九八年出生，於台南九層嶺長大。清華大學人社院學士班畢業，現就讀清大人類所。現任西拉雅語老師與推廣者。

◉賞析——回神

李純瑀

生活自由了，穿梭在食物中的那把刀卻收手了。

即使如此，依然有此心要在料理中大無畏的勇闖天涯；或者反過來說吧，縱使心靈在無形中尚無依歸，那至少還有一方天地得以伸展，在那有形的飲饌之間。追根究柢，當精神上負擔著生命中諸多的不如預期，如何在日常中收放自如本來就是一道難題，但困住自己的到底是什麼呢？

萬盈穗的〈晚餐〉用了夏宇〈雨水一盒〉的文字，給了我們一個可想像的詮釋空間：「每當日子渾圓飽滿，我就一籌莫展」的相反：「每當日子一籌莫展，我就渾圓飽滿」。人們啊，終究為現實處境及抽象心境所困，此時彷彿聽見《穿著Prada的惡魔》（*The Devil Wears Prada*）中的名言：「等你私生活全毀的時候記得告訴我，這表示你要升官了。」（"Let me know when your whole life goes up in smoke. That means it's time for a promotion."）其間的自我嘲諷和苦笑倏忽來到眼前。

然而往深處思量，至少還能在有形與無形間糾結，縱使無奈於得不出個恰如其分的人生步驟，起碼是活著的一種象徵。是而〈晚餐〉中雖有一籌莫展的匱乏之感卻只是若隱若現，顯而易見的是思考當下的滿溢能量在文字中清晰流轉。

未見掙扎凌亂，萬盈穗依然在生活，而不是只有生存。作家在細碎的料理過程中生活了下來，揉雜在煙火氣中同步剖析心靈。

也許不是每個人都有能力或機會清空過往、從頭來過，就連稍事休息的可能性都沒有。但若有這樣的狀態來臨，不妨視為人生中一次短暫的小型逃亡，偶爾填滿一下自己略嫌空虛的缺角，找到專屬的山頭斜照卻相迎。

梳理自由底下暫時的無處安放，逃亡來歸後重建一切，這才是對自己最好的交代。欲再次大展身手嗎？那恐怕已成為輕舟已過萬重山的了然於胸，無須訴諸語言。只消一頓妥妥的晚餐。

食客

田威寧

雖然生性內向且不擅人際往來，很幸運地是我竟從小就不缺好朋友，只是嚴格來說朋友並不算多，尤其近來實行斷捨離，生活簡單到可一言以蔽之，朋友圈簡直是迷你眾。繁弦急管中，每天累到倒頭就睡的我根本沒有機會想起許多人，要不是那天被朋友帶去吃自助餐，我也許不會突然想起小乖。只是，和小乖分別三十年了，我也三十年沒有吃過自助餐了，我非常訝異怎麼一想起她眼淚就掉了——原來她是我的「好朋友」嗎？原來我會「想—念」她嗎？

在我小學時，父親常忘記回家，我和姐姐在看到餐桌上的兩百元時，才知道父親回過家了。當年我常幻想：要是能每天在自助餐裡吃免費的飯菜，就不用擔心挨餓了。再也想不到這願望居然有成真的一天。

剛升國一沒多久，父親開的房屋仲介公司遭員工捲款潛逃，我和姐姐隨著只剩八百元的父親在清晨倉促離家，在寒風中到處躲地下錢莊的人。那個冬天是我遇過最冷冽的冬天。我們躲在花蓮縣吉安鄉卜蜂冷凍食品廠的貨櫃屋裡，每天從冷凍櫃搬出雞腿，再將雞腿浸在橘色大塑膠箱裡解凍、分裝。在工人生活中日子也就一天天地過去了。父親撥打生命線求助，讓我以最隱密的方式插班進了吉安國中，沒想到一和以前的同學聯繫，就被裝了監聽器的地下錢莊發現蹤跡。輾轉來到台北，藏身在木柵巷子裡一夜五百元暗藏春色的旅社裡，每夜都得躲警察臨檢。身無分文的父親聯絡上年輕時的友人，他將我們介紹給在木柵巷子裡開自助餐的朋友，說明我們的處境，我記得將近一百八十公分濃眉大眼的小平頭老闆與將近一百七十公分同樣濃眉大眼的短髮老闆娘立即表示：「我們這裡什麼都沒有，就只有飯菜多，不嫌棄的話，每天來這裡吃飯！」

隔天起，父親早上八點多就把我們帶過去了。

老闆在客運公司擔任維修技師，平時鮮少在店裡。外場有一位歐巴桑負責夾菜，老闆娘在尾端負責添飯和算錢，內場有位專門炒菜的廚房阿姨。我和姐姐幫忙理菜、洗菜、剝菜、削皮、切菜、端菜、清桌面和倒垃圾。我後來固定做著洗米和煮飯的工作，每次一掀開和手臂一樣寬的鍋蓋，撲鼻的白米香總帶來滿足感與安全感。午餐時間大約十點五十就會有人上門，晚餐時間也是四點半就會出現客人，休息時間五個人面對面地坐在用餐區，每人眼前一塊木砧板或白色塑膠瀝水籃，剝著豌豆莢、用小刀撕去花椰菜梗的硬皮再切成小朵狀、刨胡蘿蔔絲……我們聊著哪位客人愛吃哪道菜、食量大小，或是聊一些台視午間劇場、中視花系列的劇情，有時也聊近來聳動的社會新聞，老闆娘常講她熱情參與的慈濟功德會……用餐尖峰時期我在結帳處邊聽台視《天天開心》主持人的笑料邊添飯，隨時注意用餐區與裝湯區的桌面是否需要整理，也會主動補充湯桶旁鐵盒內的尼龍繩與塑膠袋……打烊時用白身紅縫邊的抹布把桌子擦乾淨，把一張張紅色塑膠椅倒著平放在桌面上，掃地拖地……一天很快就過去了。沒書讀但有事做，每天在柴米油鹽醬醋茶與客人、街坊鄰居、國光藝校的學生的招呼中過著簡簡單單的日子，有時都忘了國一的我應該在學校而不該在自助餐。

老闆夫婦有三個孩子，與我和姐姐的年齡相仿，大女兒和姐姐同齡，小女兒則跟我同齡，只不過，她就讀的是普通小學的啟智班，當年的她是六年級，有時半天就放學了。那女孩叫小乖。小乖遺傳了父親的長腿與立體的五官，加上母親的白皮膚與紅唇皓齒，配上及耳的濃密微捲的黑髮，除了因腦部開過刀而斜視，其實小乖美得像是雜誌上的模特兒。我已經算是高的，但小乖比我還高半個頭，且她抽高得太快，褲子沒多久就不合身，她的褲子幾乎都在腳踝上面就沒了。在自助餐當食客的那段日子，小乖是我最好的朋友，因為她是我唯一的朋友，反之亦然。

沒多久，和姐姐同齡的大女兒帶我們去她家玩，家裡和店裡一樣完全沒有裝潢，舉目所見之處都是功能性的家具，櫃子是深褐色五斗櫃，桌子是木製貼皮折疊桌，椅子是最笨重的深色有靠背的木椅，床是廉價的學生租屋處會有的彈簧床配上桃紅色大花厚被褥，到處都有堆放的箱子，令人很難走直線。大姐姐就讀私立家商，耳下三公分的髮未染未燙，戴著黑色粗框眼鏡，帶我們去是為了和我們分享她喜歡的卡帶，她把床頭的錄音機拿來，按開卡匣，放方季惟的〈悔〉和王傑的〈一場遊戲一場夢〉。之前其實我們也有那些卡帶——那年頭，誰不聽王傑呢？只不過在逃亡時聽到同樣的歌，真有恍若隔世之感。小乖是不聽那些流行歌的，她不懂那些歌詞裡複雜的人生，她的世界沒有那些苦痛與矛盾。但看著大姐的房間熱鬧，小乖也會過來，跟我們擠在一張床上。雖然感受得到彼此的體溫與鼻息，但我很早就知道我們幾乎沒有共同的話題，也聊不太起來，但當我試著把自己想成更小一點的孩子，我發現自己就比較能理解小乖的喜怒哀樂了。

小乖要的，不過是有人在她旁邊。有人陪著，她很容易開心，她做不來微笑，只會哈哈哈地仰頭大笑，隨便說個笑話給她聽，明知她不一定聽得懂，她卻還是抱著肚子說好痛。不過，她有時也會突然生氣，生氣時會用力跺腳，我不理她，她就會大聲尖叫。她興奮起來會手舞足蹈，有時會不自覺地拍我的手臂，有幾次拍到我的手臂瘀青，還有幾次作勢要咬我。小乖可以自己走路上學，放學時因為父母都在工作，哥哥姐姐也還在上學，所以她都自己走到自助餐。她放學的第一件事就是找我玩，我們常在巷口踢球，總是穿著學校體育服的她永遠接不到我踢過去的球。我們常比賽跑步，腿比我長的她總是衝得比我快，且跑過約定的終點線時永遠忘記可以停下來了。尖峰時段我需要幫忙時，她就坐在用餐區仰著頭看電視，隨著電視內容或大笑或罵兩句髒話。第一次聽到她罵髒話時，我詫異到說不出話來，後來我才明白那是因為她並不知道那些詞彙的意義。小乖會自己刷牙洗臉、上廁所、洗頭洗澡、買東西，也會基本的數字計算。她寫字很慢，但一筆一畫寫得端端正正。她唯一安靜的時刻，大概也就是和我頭靠著頭一起聽歌的時刻了。

那段日子我完全不必擔心挨餓，但非常饞，當小乖從結帳處的三格式零錢盒內偷偷拿出十元，到巷口的雜貨店買一條當時廣告打得很凶的蓋奇巧克力和我分著吃時，大概是我最罪惡也最興奮的時刻了。小乖每次都是咧著嘴，露出一口白牙，瞇著眼看我吃。小乖把她有的都主動跟我分享，我看她的書，玩她的玩具，用她的文具；而我能給她的，不過就是我根本用不完的時間。雖然情感不能量化，但即使是當年的我心裡也非常清楚：我們之間的友誼並不對等。我無論什麼時候找她，她即使已經在打瞌睡，都會立刻睜大眼睛，一邊哈哈大笑一邊跟我衝到外面踢球或在用餐區玩她一定輸的撲克牌。無論我說要去哪裡，要做什麼，她都是咧著嘴說「好！」而我發現自己在長時間跟她單獨相處後，會感到異樣疲累，有時甚至會不耐煩——雖然我始終壓抑著自己的情緒，從未口出惡言，但若她需要上整天學時，我會大大地鬆一口氣。

小乖真的是我的朋友嗎？已步入中年的我發現我竟然無法給出一個直截的答案。

在人生最寒冷的冬天來臨時，是小乖一家無條件地給了我們溫飽，而小乖則給了我此生獨一無二的友誼——長大後的我再不可能遇到把跟我在一起玩當作全宇宙最重要、最神聖的事情的朋友了——那樣純然而毫無一絲雜質的友誼對我是有著無可比擬的重量的。三十年的時光就這樣悄然無息地過去了，而當小乖再次出現在我的腦海時，我的耳邊立刻響起此生再也沒遇過的無所顧忌的哈哈大笑聲，和此生聽過最宏亮的、中氣十足的、從未遲疑的「好！」小乖真的是我的朋友嗎？我還是不能給出一個明確的定義，我只知道，跟她在一起時，有一股極為純粹的說不清的什麼，讓三十年後的我一想起心裡就漲得滿滿的。我只知道，小乖的笑容，是我此生見過最美的。

——選自《彼岸》，聯經出版公司，二〇二二

田威寧

一九七九年生的張愛玲傳教士。政大中文所畢業，碩士論文為《臺灣「張愛玲現象」中文化場域的互動》。二〇一四年出版散文集《寧視》。喜歡打網球和喝茶，喜歡費德勒和達洋貓。

◉賞析——流轉

李純瑀

作為曾經的食客，田威寧和小乖相遇了。

進退維谷的歲月已然遠去，回望時，是雙眼迷離的收下惆悵與惘然；抑或是從容且釋懷的轉向遠眺？

有著不同靈魂的兩人在剛好的時光中縫縫補補了彼此，彷彿在對方身上各自得到了最適合當下的理解。她們之間的「一拍即合」恰似人間收容各種形式的總合，小乖是黑暗中的星光、田威寧應是小乖原就不識苦痛與矛盾的日常中「錦上添花」之歡快。雖說萍水相逢的緣分來自於寄人籬下的窘迫，然不必挨餓還兼得意外的友誼，在不得已而混跡紅塵的歲月裡或可謂身心俱足。

尚且，在青春時分對去留的糾結、扎根的決心總有再次啟動的能量。際遇二字，往往就是這麼解釋的。

時移事往，作家「重逢」自助餐的心緒恍惚是相遇了少年的自己。從冷冽倉皇行至滿足無虞之境，無疑是重染的風霜幻化成過盡千帆後流下的眼淚，而那滴淚，是因為想念小乖還是感慨往昔的自身遭遇，在那瞬間似乎層層、重重的疊加在心上。

縱使人間別久不成悲，卻依然能一道道剝開並挖掘出藏匿於心底深處，那交錯於不同靈魂間而生出的情感，是一份看不見摸不著但壓在心上不曾散去的重擔，重得深情、重得溫暖，重得難以輕易卸下，那不含雜質的友情。

有其緣分、有其情感，即便互相陪伴的路途如此短暫，已然值得寬慰。

小乖溫飽了田威寧的飢寒，本質清澈、真實且毫無掩飾，食客雖是少年卻夾帶了陳舊滄桑的往事；行至中年，即便是不甚對等的友誼仍在剎那間排山倒海襲上心頭。頃刻間，身為過客的食客，就在淚眼滿眶的同時，齊一了那份不曾逝於掌心的可貴情誼。

來去呷一碗麵

江鵝

我和阿嬤的私交有一部分建立在偷吃。

說偷可能太過，阿嬤充其量不過是帶著我一起去吃一些家人預料之外的點心。阿嬤基本上歸阿公管，我歸爸媽管，阿公和爸媽都是死腦筋的老實人，覺得家裡就有飯，沒事何必出去亂花錢白白多吃味精，但是阿嬤都已經做阿嬤那麼多年，阿公不好意思再拿威嚴出來壓她，而我這小狗腿黏在阿嬤身邊，爸媽也不好意思修理，所以我們兩個是明明知道家人不樂見，還是經常相偕出門去偷吃。下午時分，強忍住歡欣的表情，經過阿公和爸爸媽媽的眼皮底下，故作鎮定地從店口走出去，心情非常好。

阿嬤喜歡吃「外省麵」，外省麵就是陽春麵，經濟又美味。我每次都點「麵湯」，和阿嬤的外省麵不同的地方，「麵湯」用的是黃色的油麵，其他的大骨湯豆芽韭菜肉燥都一樣。我猜陽春麵會被安上外省的名號，為的就是方便和傳統油麵區分開來。阿嬤有時候吃著吃著會說要跟我換，說看我吃的樣子，好像我那一碗比較好吃，但是換過去吃兩口又推回來，一臉不解，怎麼她自己吃的時候就完全不是那麼回事。

有一次她看煮麵的老闆娘走開去，便壓低聲音對我說，這肉燥都是用人家賤賣的豬頸肉做的，豬打針都打在脖子，吃多了不好，不能常常吃。我覺得阿嬤的告誡和我們正在吞食的行為相互矛盾，但是因為麵實在很好吃，我並不想面對任何會影響我吃麵心情的事實，所以沒有接話。這個事件小到阿嬤自己肯定不記得，卻是一個重要的啟蒙。有些食物「可能」危害往後的健康，但是卻「肯定」能帶來眼前的快慰，人不需要為了擔憂未來，就犧牲掉眼前確知的快樂，畢竟，如果現在太不開心，哪有力氣關心以後開不開心？阿嬤大概沒想過這個總結，她只是口復一日在我面前這樣做。

偶爾她心血來潮想上市場，會邀我一起去。市場裡的好東西就多了，做魚丸的那攤，除了攪魚漿，還炸花枝丸、黑輪和「菜炸」。「菜炸」是麵粉兜著蔬菜屑炸出來的丸子，外脆內軟，好吃又便宜，有綜合的，也有單炸紅蘿蔔絲的。炸物是縱欲等級的食物，因為又毒又燥，怕吃了要付出代價，很少上桌。但是我和阿嬤都熱愛炸物，要吃當然就要趁人在市場，天高皇帝遠。阿嬤特別慷慨的時候會買一兩顆花枝丸，黑輪她嫌魚漿不乾淨幾乎不買，我最常吃到的就是「菜炸」，十幾二十塊錢就有一小袋，祖孫倆逛完市場剛好吃完。

麻煩的是，兩個嘴饞的人在一起，難免會有失去理智的時候，特別是市場裡面，每走十步就是一個美食盤絲洞。現煮海鮮麵是阿嬤的心頭好，湯麵上面鋪著滿滿的鮮蝦花枝與豬肝；再走十步是米粉炒與豬血湯，用來蘸豬血和粉腸的東成味味露加一點哇薩比，是神仙指導的一筆；再十步繞出市場，有清蒸肉圓，老闆娘拿飯匙沾水，巧靈靈鏟起肉圓淋醬點蒜泥撒芫荽的手勢，我從小看到大沒有一次不著迷。吃不吃我當然沒有決定權，但是我想「念力」這回事是真的，總有那麼幾次我巴望到後來，阿嬤果然意志力失守，帶我坐下來吃一碗市場美味。

逛完市場回到家，通常媽媽正好煮好中餐，阿嬤可以輕描淡寫的交代一句她不餓，晚一點再吃，但我沒那個膽，只能乖乖拿起飯碗，裝模作樣的添一口飯坐下來裝吃。但媽媽不是隨便的角色，媽媽可是媽媽。她不用正眼看就知道發生什麼事，問我剛剛是不是去吃了點心，我只能點頭，招認剛才吃了什麼，吃多少。儘管如此，媽媽沒有對這種事情真的發過脾氣，因為牽扯到阿嬤，所以只能低聲抱怨：「人煮飯攏都按算好啊」，意思是剩菜剩飯會多出來。我知道她是強壓著怒火沒有多說，我是猴死囡仔靠著阿嬤的餘威逃過一劫。

阿嬤如果身體或是心情「未拄好」，會特別容易對家裡的飯菜厭煩，這就是阿嬤投資在我身上的小吃獲利回報的時候，阿嬤想吃的每一款麵，我都知道該去哪裡買。家裡有一個「航購」，專門用來買外帶，我從小跟著大人講航購，後來才知道是日文，國語叫提鍋。當年沒有方便外帶的免洗餐具，如果不自己準備容器，店家只能拿塑膠袋裝熱湯，大人說這樣有毒。倒也奇怪三十年後的今天，人家反而全都無所謂了，熱湯怎麼裝怎麼喝，可能是塑膠技術進步了，人心也無畏了。

我走到麵攤，就把提鍋交給老闆，點一碗阿嬤要的麵。老闆接過，會放在順手處等著，直到備好料，麵條下水等滾的時候，才打開蓋子，從滾沸的大鍋裡面舀一勺熱水進提鍋，兜兩圈再倒掉。大家改用免洗碗之後，很少能再看到這種傳統心意，幫客人消毒兼溫鍋。等裝進煮好的麵，再蓋上蓋子，扶回握把，放到面前，好讓客人能穩穩妥妥的提走熱鍋。麵攤老闆們看我小人一個，即使煮麵時沒心情相借問，最後還是忍不住要叮嚀：「攢乎好，足燒哦！」現在想起他們講話時的臭臉，還是有被照顧到的感覺。

——選自《俗女養成記》，大塊文化，二〇一六

江鵝

來自台南，住在台北。輔仁大學德文系畢業，曾經是上班族，現為自由作家，同時也是人類圖分析師，從事人類圖解析與教學，經營臉書粉絲頁「可對人言的二三事」。曾入選台灣九歌年度散文選，獲選林榮三文學獎散文佳作，著有散文集《俗女養成記》、《俗女日常》。

◉賞析——歸處

李純瑀

江鵝寫吃，是海海人生中的身在情長在。

生命中總有離散重聚，但是江鵝筆下關於飲食與記憶同行的漫漫長路卻是風吹不散、雨打不亂，任憑秋色翻飛也到不了冬季，始終溫溫熱熱、團團圓圓的存在著。靜下心，細細端詳時定能看到熟悉的畫面與身影，許是關乎自己的曾經，就像《俗女養成記》書中貼著許多標誌著童年的符號，總能在你我身上窺見一二。

〈來去呷一碗麵〉中的祖孫二人冒了些微風險的撥弄了家中隱然秩序，但吃麵的滋味和一起跑到市場失去理智的行徑，成為兩人間的專屬默契。偷吃，儼然成為阿嬤對自己更是對孫女的寵溺，這份獨家記憶實是一份永續經營的幸福產業；而那些吃了後讓靈魂都跟著光彩煥發的食物，許是悄悄滋養人間並積累成為穩定的生命核心，孕育出自在清爽的人生。就像江鵝的文字透著愜意或令人會心一笑的幽默趣味，不知是否與從小自主訓練培養起的好心情有關。

江鵝寫童年的吃，是令經歷滄桑磋磨後的人會生出豔羨的滋味。

那種被濃厚人情覆蓋的模樣常是伴隨世事變遷，藕斷絲連的出現在各種時刻。

成年後吃到的食物，以前也是吃過的，只是在回想時才知道當初是被照顧得那麼的好。長大以後的人們或許離開了家，受傷、疲憊、沒有力氣再爬起來、想成為歸巢倦鳥，思念起〈來去呷一碗麵〉，但已然理解人生終究有憾，並非每個人都有機會與往昔重逢。畢竟，物是人非事事休才是常態。

若有此情，且一讀《俗女養成記》或一起〈來去呷一碗麵〉吧！抖落不如意，再次聚焦於自我，恬淡雖是奢望卻已不再遙遠。江鵝的食物與歲月故事，自其童年跨越至今，在溫暖歡愉中供給遊子再次安身立命的可能，使其在回眸時終有歸處。方知未必是身在情長在，更應是路長情更長，飽受關愛的兒時和歷經波折的自己始終互相理解著彼此，且緊密依偎並行於路上，坦然恣意、大步前行。

人生勝利組超市

李宛蓉

美國有一間連鎖超市叫做Whole Foods Market。這間超市的食品大多是有機和無基改，清楚標示來源，包裝美觀，主打健康，營造一種來這邊消費即是「高品質人生」的概念，想當然價格也硬是比其他超市貴了一截。除了數不盡的秤重計價進口乳酪、高級冷食與熱食自助餐，還有純天然保養品與禪意十足的香氛產品，任何商品你都可以在這裡找到比市價昂貴三倍、「更健康」、「更講究」的選擇。

你如果走進Whole Foods想要買一杯汽水，這裡是不賣可口可樂的，在氣泡飲料區取而代之的是其他使用有機蔗糖、移除人工香精與化學添加物的「模仿可樂」，可能是從有機草莓萃取出來的草莓碳酸飲，或是香草提煉的高級氣泡水，喝起來當然不是可樂的味道，但很多人覺得喝得安心，對身體沒負擔。若你想喝任何平常我們會加牛奶的飲品，例如咖啡、茶、奶昔等等，通常也會有不下數十種「替代乳」的選擇。因為有些醫學研究報導指出，牛奶會增加一個人的膽固醇的攝取，鈣質的含量也不敵其他非乳製產品，加上乳糖不適症的人口愈來愈多，於是椰奶、杏仁奶、腰果奶、白米漿奶、糙米漿奶，基本上任何可以用果汁機打成乳狀的堅果、種籽、穀物，在Whole Foods都可以變成替代乳製品的新寵兒。這些不是牛奶的奶，我都叫它們「潮奶」（hipster milk）。我的身體對於乳製品承受度超高，所以對於潮奶這東西，本人就不予置評了。但訪問了不少有消化障礙的人，目前普遍的反應是燕麥奶最香醇，最接近牛奶的口味與質感。

有時候我深信，是Whole Foods跟喜愛瘦身（健身）的好萊塢名媛改造了整個美國的飲食潮流。Whole Foods爆紅的原因，在於它的規模跟主流的超級市場一樣大（你可以在一間店就把所有雜貨清單都買齊），但產品獨特性有如你家巷口老闆娘親自下鄉挑選來的有機無毒掛保證好物，最後再用精美的包裝讓消費者相信這是一種人生勝利組的最佳體現。有一次我聽到某個知名樂團主唱上節目，被主持人問說：「你感覺是一個情場殺手，最推薦的把妹邂逅祕訣跟觀眾分享一下？」該主唱立刻回答說：「去Whole Foods！因為會去那裡買菜的女孩都比較注重身材與健康，會下廚，而且往往經濟比較獨立。」講到這裡，大家應該對於這個超市有很多的想像空間吧！

工作緣故，我一週去Whole Foods的次數非常頻繁。我時常遇到很多目中無人，穿著名牌緊身瑜伽褲，怕沾到手推車上面的細菌，於是推擠你要搶先去拿超市提供的抗菌紙巾，一群超有錢但是臉超屎的中年婦女。還有一些是停車技術不好，硬是亂停，一車占了兩個車位，下了車頭髮一甩，名牌包提在手上一點也不在意，低頭看手機插隊也不道歉的少奶奶們。

欸，如果說這世界上要選一個跟台灣的傳統市場完全相反的場合，真是非Whole Foods莫屬。身為從小在熟悉菜市場環境長大的台灣人，我依然在這裡建立了一個小熟人圈。位在聖塔莫妮卡二十三街與威爾夏大道的Whole Foods是我最常光顧的直營店，這間店坐落在兩個重要客戶的家中間，所以無論是去哪一個客戶家工作，二十三街的直營店都可以讓我順路買好所有的東西。我這幾年去這間超市的次數可能不下千次（不誇張，千次至少），從我開進停車場的那一刻，泊車大哥就會跟我點頭示意，店內百分之九十五的商品放在哪一個走道，我閉著眼都可以摸得出來。海鮮跟肉品區的工作人員跟我尤其麻吉，因為這兩項產品通常都要麻煩他們幫我秤重標價，我今天買得比較少，他們就會調侃我說最近是不是偷懶，今天買得比較多，他們就會問我是有沒有要邀請大家一起去吃？我有一個專屬的肉販路易，我連他家養了幾隻狗，女兒今年大學幾年級都數得出來。結帳小組通常也是最會話家常的一群人，因為我買的東西不少，所以花很多時間在結帳櫃台等待，誰特別會打包雜貨動作快狠準，誰比較親切，誰最三八好聊，問我就對了。

這幾年走進Whole Foods，對我來說就像走進傳統市集一樣親切，這讓我了解到一件事——人，才是一個地方溫不溫暖的關鍵。同一個地方去久了（家裡樓下騎樓菜市場），結識了一群認真工作的組員（買肉送蔥阿桑），只要你也帶著笑容，就算是去全美價格最不親民的超級市場，也可以像是回家一樣溫暖。

在這裡跟大家分享一個結帳的小撇步：通常幫你把雜貨裝袋的人員不一定打包得很仔細，我都會在陳列結帳貨品的時候就自行分配好要先裝袋的順序，牛奶液體罐頭等比較重的產品要最先結帳，這樣就可以直接放進袋子的最下層，提供穩固的基礎，而且不會把其他東西壓扁；接著是肉品，肉品最好也放在下層，中間用一些馬鈴薯、花椰菜、不能生吃的產品當作隔間，以防生肉汁在開車的過程不小心溢出，肉水沾到生菜上就不衛生了。生菜、機蛋、莓果類最後才結帳，因為這些物品比較脆弱，放在最上層才是上策。如果胡亂把所有產品全都攤在結帳台上，結帳人員也會因此隨便給你亂塞一通，拿回家之後很令人頭痛。

——選自《五星級廚餘》，重版文化，二〇二〇

李宛蓉

從小在北投陽明山腳下嬉耍。
老派，科技產品完全不在行，還有無藥可醫的食譜收藏癖。
十年前隻身殺去洛杉磯，成為一名好萊塢食物造型師。
閒暇時抽空往返上流社會，擔任富豪們的御用私廚。
工作上是外貌協會會長，吃進去與看起來都要絕美。
私底下最愛池上便當溫蒂漢堡鐵觀音奶茶番茄炒蛋與香干肉絲。

◉賞析——獨白

李純瑀

人生勝利組，竟是展現自我價值的終極體現？且還是展現在超市之內？

李宛蓉在她的《五星級廚餘》中透過食物與藝術的分解和結合，談笑風生了走在夢想與熱愛道路中迎難而上、迎刃而解的人生；而〈人生勝利組超市〉一篇不談這段旅程中的私廚烹調、不說拍攝影像時專用的食物道具；意即錦衣玉食並非其書寫對象，乃是經由潛藏在食物底下的另一個角度，透過華麗光鮮的食材以反映基本的日常歲月。

鏡頭前的食物賣相如何或在其次，關鍵在於決定最終去留；在頂級超商購物，從看得見的物質交易中覓得無形的親切感，是李宛蓉在異國的極大收穫。

看來，外顯的樣貌竟似夢幻泡影，所見皆是虛妄。

逛超市逛出了學問，甚至觀看到流動在人群間的「階級」，這是自〈人生勝利組超市〉中跳出的念頭；從傳統市場逛到高級超商，逛出了「人情」才是行遍天下的力量，亦昭然若揭於〈人生勝利組超市〉之中。

若說生活有劇本可依，那麼李宛蓉《五星級廚餘》的劇情可說是從個人的內心擺盪行至追求夢想的曲折，最後來到自我認同也就是對食物之熱愛的實現。說到底，人生真沒那麼複雜，也沒有那麼多的大我需要成全，能夠照顧好小我已經是一件非常了不起的大事。李宛蓉在食材間巧施妙手變幻出創新菜色、從食物道具中看到「高級廚餘」的再利用可能，這絕對是一種從尋常小我開始，試圖賦予食物全新的意義和發揮「五星級廚餘」餘溫的大我道路。

而〈人生勝利組超市〉恰似點綴，點綴出作家心中每份食材、每份食物，最終都來自於人心，因其有所觸動，才顯得可貴且值得被加以珍惜。若能了悟這點，那才真正是領略了「勝利組」的箇中真諦。

比掃墓更緊急的事

蘇凌

比起掃人家的墓，距離自己的墓被掃，可能還近一些。清明節，對八十七歲的阿嬤來說，當務之急不是掃墓，是吃潤餅。

身為一個阿嬤，她具備了「想吃就自己做」的能耐。

忘了是哪一年，見證潤餅的備料過程，那可非僅僅發生在廚房，三合院另一頭伯公的倉庫，也給借來用了，兩公斤瓦斯桶接上火爐，大姑姑彎腰炒起韭菜豆乾、蒜苗皇帝豆，廚房阿嬤那兒同時執行蛋炒胡蘿蔔絲、芹菜拌菜脯絲、鹽水煮豆薯絲、油蔥炒瓠瓜絲、酸菜炒嫩薑絲——你說包個潤餅菜怎麼這樣多？我還沒完呢——蒜炒龍鬚菜、川燙豆芽菜、蝦仁苦瓜片、肉燥滷黃豆，一旁流理台，二姨婆忙把清蒸雞肉撕，香腸剖細絲，蛋皮切成絲。阿嬤與二姨婆，在六姐妹中最善庖廚，兩人在老家廚房聯手治菜，嘴上吩咐小姑姑備碗盤、拌鬆油麵、將花生粉與糖粉分別盛碟——你說這個家的男人都去哪了？當然是在客廳閒聊等吃，孩子們亦然，這個時代，大孩子主義也風行。

如此陣仗，一張桌子顯然不夠放，阿嬤囑我到神明廳扛出供品桌，三張排成列，儼然歐洲宮廷用膳，上頭餐具卻是七零八落不成套，沒了瓷盤盛那過多的菜，只有祭出方形烤盤與似狗碗之不鏽鋼小鍋，桌上鋪的亦非餐巾，而是阿公幾週前就開始蒐集的月曆紙。你說，這桌菜已經遠遠超越尋常裹在潤餅內的餡了吧？是啊，簡直就是一桌家常菜，只不過全數刨絲，且必須夾入餅皮吃。餡料因當天共食人士而異，若大伯母來，則有西式生菜沙拉，若是小姨婆，則有滷豬耳——若催促阿嬤清冰箱，則有過期烏魚子。家裡的潤餅，從無固定之味，你說遊子在外想念的是家裡的味道，我家出品的遊子，還真不知該思念哪一味。

場面過於浩大，包潤餅遂成儀式，每人端著鋪有兩層防漏餅皮的瓷盤，列隊繞著供桌取菜，畫面邪門不說，常走完一圈，皮就包不住餡，只好以筷子夾菜配皮吃，薄皮裹熟料的潤餅捲真義，自此不存。

◆

年幼不更事，總以為潤餅餡料有一項標準，而這標準來源，便是自家潤餅，若在外頭吃的潤餅，餡料不足上述任一項，便覺是那潤餅缺漏，若見家中沒有的，又感覺是多出來了。彼時不曉得家裡的潤餅，才是那個沒標準的，因此對外頭的潤餅是非常嫌棄，除蛋皮以外，沒豆薯沒皇帝豆，沒油麵沒豆芽菜，少了那份扎實，一捲還要賣五十？

吃外頭的潤餅，還有個發現，某次在嘉義朴子市場內，點了捲潤餅，老闆問：「內用還是外帶？」想著我有否聽錯，潤餅不就是塑膠袋一裝、手拿著吃？耐著性子答以「外帶」，轉頭看見攤旁桌椅前，老先生一手握潤餅、一手捧茶杯，曰：「啊妳怎麼不內用？內用有送柴魚湯內。」潤餅店在爐上煮了一鍋柴魚湯，以有孔蒸盤為蓋，盤上堆著清炒高麗菜，鍋內直直上冒的蒸氣可為其保溫，高麗菜湯汁同時瀝入鍋，使湯頭清甜倍增，始知「潤餅配柴魚湯」乃嘉義常態，想著剛才要是答「內用」，便可獲得此等玉露——我傻呀我！

小時潤餅於我，為甜點，餅皮內只願包一撮油麵、兩條蛋絲和三匙糖粉，只在此刻被容許挑食，沒人有權力阻擋孩子在餐桌上略過七盤菜，只為舀上第四匙糖粉，潤餅是這麼一樣能滿足小孩自主權的食物。其製作過程亦是辯好畢露時，通常人如其餅，粗牙之人餅常崩裂，恬靜之人餅多矜持，但某些時刻，那人包出了你所不知的他，那你也是閉嘴低頭吃，從此對他另眼相看。

繞桌夾料過了幾輪，桌上空盤愈多，女眷們照例閒不下來，忙將剩菜集合，以剩餘餅皮裹起；男眷們也照例馬上閒下來，以不妨礙女眷做事之名，自動退場吃菓子閒聊。剩菜潤餅捲，隔天早餐必以油煎之姿現身餐桌，切記遠離之，那每一捲內必然是油麵與酸菜及糖粉，或油麵與豆乾及糖粉——令人絕望的排列組合。

每逢這場家宴，阿嬤最喜問我：「吃了幾捲？」若答三捲以上，可獲得阿嬤驚呼嘉許。早年她飼四兒，白米豬肉週週給徵收了去，日日怕明天糧食不足，盼孩子吃飽的想望，二十世紀末起，總算年年在孫女身上獲得實踐，不過通常，孫女看見海量菜盤端上桌，便胃口盡失。比起家裡的，我可能更偏好外頭那些為了成本錙銖必較的薄料潤餅捲，在熬了半生總算能大吃的阿嬤心目中，我可能是命帶窮酸吧。

話雖如此，有天同學帶了家中潤餅來給我嚐，我看那一捲——豈是「瘦」字可言，同學家境堪稱優渥，但吃潤餅時，我同情她。

阿嬤失智後，自然不能再起潤餅工程，想吃還得靦顏藉故，向大姑姑說是「她孫女」想吃，清明節前三週就開始念著潤餅，我說妳怎麼平常就不去市場買一捲來吃呢？她沒多說，我想那是她對日子的堅持，按著節氣過，比成全口腹之欲要來得能定神安體。

今年清明前夕，推著阿嬤到朋友家要吃上一捲潤餅，到了桌前她卻搖搖手說不吃了，想她身體不適，殊不知一回到家，她就用鼻孔看著我說：「才煮那幾道也在包？」

她的驕傲，我懂。

——選自《菜場搜神記：一個不買菜女子的市場踏查日記》，裏路，二〇二二

蘇凌

一九九四年生於台南，台灣藝術大學戲劇系畢業，劇場與文字工作者。於臉書專頁「蘇菜日記」書寫國內外傳統市場及地方文化觀察，著有《菜場搜神記：一個不買菜女子的市場踏查日記》。於《鄉間小路》撰「菜市人生場」專欄，並主持《鏡好聽》節目《老地方見——老派生活裡的手藝》。

◉賞析——家族

李純瑀

該說《菜場搜神記》是一本記錄菜市場的志怪或志人文學嗎？

三江五湖中的臥虎藏龍或者滔滔不絕的金句語錄，市場中應有盡有。

雖然蘇凌沒有一雙擅長料理的巧手，但是，從她手中提煉而出的三十一座菜市場眾生相，絕對是一窺大千世界的一筆重大資料庫。

菜市場是人情集聚的所在，從手寫招牌到老闆裝扮或是脫口而出的精準哲理，有如一幅幅濃縮了日常的浮世繪，民間且大眾。市場攤販的樣態聚焦出了一個結論：有人就有江湖。江湖中自有高手穿梭在菜市場中，而這些大俠們身懷何種絕技，需用心一一挖掘。

蘇凌用乍起乍落的詼諧，酣暢淋漓的把菜場人事寫得活色生香、洞悉世情。一如豬肉攤老闆說她是「老靈魂和年輕靈魂的結合」只因其名有蘇東坡的蘇和凌波的凌。逛久了，就這麼逛出把「人」放在關注重心的情調。

就像阿嬤心中那件〈比掃墓更緊急的事〉。

整個家族動起來吧！親手製作潤餅的日子來到，浩大工程即將動工！

這是阿嬤的儀式感並且領著家人一道沉浸其中。有些家族儀式之隆重令人需振奮精神、有些則是給予雀躍萬分的濃烈幸福、有些乃是在親友相伴之下完整了彼此。至於相伴的過程是什麼，這回，是一起「想吃就自己做」的阿嬤指令。

沒有這道料理，掃墓就欠了一味，欠了最重要的親情之味。

於是，潤餅生產一條線誕生了。

負責煎煮炒炸、預備鍋碗瓢盆以及聊天背景擔當，都有家人各司其職。這情景，才是團圓，是遠比掃墓時的家人團聚更具備告慰列祖列宗「一大家子今年也過得很好」的力量。一如《菜場搜神記》提到的「外來躁亂撼動不了的穩當」，這種安穩踏實的根本即是來自於親情的凝聚，而其間的手忙腳亂、七零八落以及從無固定之味的過程才是最正宗的家庭味道。

阿嬤的精神狀態逐漸不若曩昔，但潤餅始終是她的定心丸。定什麼心呢？或許是那整個全家處在一塊兒、慌亂中自有其秩序以及歡聲笑語的和諧氣氛，穩穩的定下了阿嬤的心神，並且同步的成了親族間的定海神針。

帶動整個家族最閃亮的日子，若非〈比掃墓更緊急的事〉所帶出的潤餅生產一條線，還能是什麼呢？

輯三

大夢　好好生活

留學生飲食學

彭紹宇

倫敦居，大不易。在物價昂貴的倫敦生活，一餐外食通常要十鎊起跳，將近新台幣三、四百元，餐餐外食太傷荷包，只好自己煮飯，這是許多留學生的必修課，什麼知識都還沒學到，做飯的技能倒是進步神速。

從小就是外食族的我，在台灣便利的環境下長大，超商走幾步路就有，小吃攤到凌晨也燈火通明。歐洲顯然是另個世界，留學生飲食學自然應運而生。從購買食材開始就是考驗，搬到新環境時，首先會花時間了解周邊超市的分布，一一比價才知道哪家的菜比較新鮮，哪家的肉便宜又不會有怪味，哪家的會員卡折扣商品多，斤斤計較，手機算盤不離身，抑或在時間上抓緊良機，通常傍晚會有當日即期品促銷，那時就是補貨的好時間，不出一個月就會摸索出一套清晰邏輯，買菜的速度也就快上許多。

至於如何料理？起初必定樂趣滿滿，成天閱讀食譜、開發新菜色，不過隨著課業漸趨忙碌，煮飯時間也壓縮不少，通常會邁入一段撞牆期，只要能省時，隨便煮隨便吃，我就曾經吃了一整週的稀飯或吐司夾蛋。然而，這時對於料理的熱情又會再度燃起，因為不方便外食，生活中除了讀書就是做飯，反而能在料理過程中稍稍紓壓——探索食材烹調的過程，撒上多少鹽巴，加入幾滴醬油，一調配出順口的味道，也感受不同味道相遇的微妙變化。

我開始願意加入自己過往不太喜歡的食材，因為當身為料理者時，就更能意會哪些食材縱使不是主角，一旦少了它卻會使味道單調許多。我也喜歡凝視著食物烹煮時的沸騰滾燙和裊裊炊煙，雖然沒有童話故事中對食物大喊「變好吃吧」的萬用魔法，但溫柔對待食材，耐心花時間烹調也能創造出魔術般的美味。

疫情被迫關在家，其實是挖掘自我潛能的好機會，從基礎的義大利麵做起，有時週末和室友一起烤各樣蛋糕和鬆餅，有時自己挑戰各式各樣想念的食物，例如打拋豬、蔘雞湯、三杯雞、包水餃，或是小吃攤令人心嚮的台式滷味。講出來的都是成功案例，背後更多是失敗，常費時做完料理，嚐了味道後敬謝不敏，也常苦惱為何照食譜做還是難以下嚥，但這或許是自己下廚的樂趣，也是讓內心在紛亂中得以靜下來的方式。

從購買食材到烹煮，最後滿足地吃下它，都是療癒身心的過程，留學生飲食學，沒有什麼高深學問，只有在柴米油鹽之間，學習與食物對話，與自己相處。

——原載於《聯合報》「家庭副刊」「半熟倫敦」專欄，二〇二一年六月十三日

彭紹宇

一九九七年生於台灣台中，書寫小說、散文與評論。

英國倫敦國王學院（King's College London）國際政治經濟碩士，政治大學外交系、國貿系雙學士。曾參與柏林影展、日舞影展、倫敦影展等國際電影節，文章散見於各大媒體專欄與報紙副刊。

著有《黑盒子裡的夢：電影裡的三倍長人生》，長篇小說創作獲國藝會文學類補助。

◉賞析——方向

李純瑀

長年作客他鄉之人是否或如何思念家鄉呢？

生活方式、文化特色、飲食喜好……人在異地，故里的一切彷彿都是奢侈。曩昔如同傍晚陽光穿過了窗櫺，照在遊子心上進而投射出回憶，和暖而不刺眼的光，溫存了身處異地的遊人。

湧上心頭的家鄉和人情，在展開不同生活的同時，不知是動力還是寂寞？「年深外境猶吾境，日久他鄉即故鄉」，是什麼樣的感受？難易間的擺盪是什麼樣子？

聽聞，久作異客之人看到舊時熟悉的食物名稱或餐廳招牌，心臟的熱烈跳動在在證明了身在異域的惆悵。然而，期待自己的狀態得以完整並蘊含朝氣，仍是蠢蠢欲動的心嚮往之吧；聽聞，分散在世界各地的旅人常和作者一樣，試圖把鄉愁融進食物，即便成果不如預期，卻能透過菜肴的緩緩成形，鄭重的迎來了家鄉；聽聞，在異地烹飪出故鄉食物，是遠行者獨自升級的重要歷程。

家，得以漸趨明朗。

〈留學生飲食學〉中對吃食的想念之情，除了食材取得不易以外，滋味不同於熟悉的味道更讓人悵然。此刻的他鄉生活說明書，即是在挑戰下廚過程中找到新的樂趣，冰箱的震動、鍋碗瓢盆的碰撞、菜刀與砧板間的剁剁聲、沸水的咕嚕咕嚕聲……各種料理元素搭配著，一次次敲著大腦，震動、更新、閃亮著異國生活。

〈留學生飲食學〉的療癒料理過程，在自發尋找日常情調的餘溫中削弱了離鄉背井的微澀微酸，支撐著思鄉的揪心瞬間。

該對自己溫柔一點，處在陌生的空間中更應如此。入口的食物若能飽滿內心，就被賦予了不言而喻的重要性。口腹之欲是否滿足倒在其次，其中所懷抱的「家鄉味」，定是足以讓每一個翻騰打滾於生活中的人，那漂泊的靈魂得以被撫觸而靜下心，消減疲憊後投入下段旅程。

地獄裡沒有炸雞腿

鄭進耀

胖達的午餐是雞腿飯，對於一個剛脫離癌症死亡威脅的人來說，這樣的午餐有些不尋常。

今年初，他被診斷出淋巴癌第三期，歷經半年的化療，痛得生不如死，「那種痛像是有人用力踩你的骨頭，可能比生小孩還痛。」從地獄回來的男人藉由食物重返人間，因為化療期間不能喝牛奶，「上個禮拜我看完報告，身體正常了，我馬上在醫院附近買了一杯綠豆沙牛奶。」

油炸雞腿也許不太健康，但這家店是胖達的最愛，他覺得若因病而忌口，自己真的就成為永久的病人了：「現在能吃，還有味覺，真的是一件最幸福的事了。」化療期間，他也沒戒菸：「我嘴破、沒食欲，就只剩抽菸排遣心情了。」

他靠看《康熙來了》轉移痛感：「我看小甜甜、沈玉琳耍白痴，跟著笑一笑，好像就沒那麼痛了。」最有感觸的一集，是馬媽媽（藝人Makiyo的媽媽）癌末上節目，交代親友要好好照顧女兒，並說：「人難免一死，你們不要難過，要笑著送我走。」胖達說，這也是他的心聲。

父母在他四歲時離婚，他小二就得煮飯、洗衣，自己照顧自己。這次生病，他也一個人上醫院，一個人看報告：「我看完報告出來，給我媽打了電話，說好像是癌症耶。」開完刀當天，他就獨自下床走動；難熬的脊椎穿刺，即使痛到都叫出聲了，也不願讓媽媽擔心，要她先到醫院樓下等：「我媽知道我生病，也不哭，故意表現得很鎮定，我知道她也是怕我難過。」

胖達和媽媽相處也是這幾年的事，小學五年級之前，他和媽媽、哥哥住在三重，因為監護權在父親身上，之後搬到苗栗與父親同住。父親時常喝醉就打人，哥哥幾年後離家念書，胖達於是成了父親唯一的出氣筒。

胖達伸出左手略為歪掉的手指，即為父親酒醉後用木板打的：「大多是瘀青的小傷……隔天，我爸會很不好意思躲著我。」

胖達考高中時，終於找到機會可以上台北念書，「我爸不讓我走，他問我：『跟我住這麼痛苦嗎？』我回：『你常打人誰要跟你住？』」他是父親身邊留最久的孩子，「我相信日久生情，現在想起來，他可能也有點捨不得我離開他，可是他也不講，我也沒想那麼多……他應該也想對我好，只是不知道要用什麼方式。」

胖達直到十八歲，終於離開父親，「我簡直爽死了。」此後，他半年才回一次家：「對我來說，媽媽台北住的家才是家，每次一被打，我就打電話跟媽媽訴苦。」專科畢業那年，父親酒精中毒，一天之內就過世了。「他死了之後，我才發現，我會難過，原來我是愛他的。」

原以為只有恨的父子關係，並不是一直處於劍拔弩張的狀態，胖達說不喝酒的父親也有溫暖的一面。「我爸幫我買早餐，我會順口說謝謝爸爸，他先是裝聽不見，我多講幾次，他又會害羞地叫我不要講了快吃。」所以，每次父親打完人的隔天，都會刻意示好，問胖達要不要吃什麼，「我都很生氣回他，我要吃什麼自己買。」關係中僅存的一點點溫度也禁不起三天兩頭的暴力耗損。

◆

「如果我爸多活幾年，我可以用大人的方式好好跟他相處，我很遺憾我們之間的關係來不及變好。」昔日的父子關係成為今日的生命態度：「每次被打完，我和爸爸都不談昨天的事，都只往前看，讓事情過去……我現在也不讓難過的事留到明天，生病的事也是如此。」

不去想昨日生病的痛，也不去想未來是否復發，只有炸得酥脆的雞腿，油膩膩咬在嘴裡，才是此刻扎扎實實活著的滋味。日子再慘，沒有食欲就抽根菸吧，身體痛了，就看《康熙來了》笑一笑。他告訴自己，病與死都不足懼，唯有把此刻開心過完才是人生硬道理。

二〇一七年九月十八日

——選自《吃便當：人生解決不了的煩惱，就一口一口吃掉吧！》，鏡文學，二〇一九

鄭進耀

《鏡週刊》文化組記者，曾以筆名「萬金油」出版散文《越貧窮越快樂》、《不存在的人》。曾以《吃便當》一書獲得二〇一九年度Openbook好書獎。

◉賞析——化境

李純瑀

《吃便當》，吃盡世情冷暖、愛恨嗔痴、悲歡離合，吃盡了人心。

許多食物，吃了以後對身體不好但對心情很好。就像〈地獄裡沒有炸雞腿〉，胖達重獲新生，油炸雞腿和綠豆沙牛奶的到來撫慰了蕭瑟的曾經，還完美詮釋了何謂活著的滋味。即便對生理狀態有負面影響，但在生命的破綻中短暫停泊之後，食物剎那間變成一組組密碼，解鎖後獲取擁有自我覺知的歡愉，而「我知道我很快樂」的自知，是一份清醒且篤定的痛快。

心的滿足實屬難求，倘若有之自當萬分珍惜。此番「活著的滋味」之體悟，若非在昏暗中走過一遭生理心理極度碰撞之人，恐怕難以理解至此。

胖達是孤身走過童年的吧，寂寥禁不起推敲，想來也無法有任何同情的理解；許多人也是如此吧，近年來，原生家庭的影響成了熱門話題，細細琢磨，該有多少人為此沉默無語，只因那是無解的悲戚。

然而，挺過硬傷後，還有何事足以為懼。過去的一切即便有著顯見的瑕疵，仍能從中尋覓一絲溫情。大病初癒後的胖達，或者該說他一直以來都知道自己的童年仍藏有幾分親情的溫度，雖然不足以捂熱當年的心，但苦痛與遺憾和諧共存後，延伸出一道雖細微卻足以改變看待生死心態的暖流。

理解是療癒的開始，與自身和解的路也就此展開，若糾結著凝視過去，活著的便只有身而無心。有身無心才真的是活在地獄而非人間，那存在著世情冷暖、愛恨嗔痴、悲歡離合的人間。

這類故事在《吃便當》裡屢見不鮮，情愁愛恨霎時消弭在一頓飯食當中。彷佛是世間最強大的力量，消除執著和不甘，讓每個人在「滿足內在」的狀態下，無須上下求索便得以伸展舒張、持續前行。

《吃便當》中的人心，務必大快朵頤。

吃的捨得捨不得

朱全斌

或許是食神坐命的緣故，我從小就愛吃。但因為我生在一個父母都是公務員的小康之家，一家八口人可謂食指浩繁，母親必須量入為出，所以在飲食方面一直都有分配的觀念，不能隨心所欲地吃。

當然，拜中央政府特別照顧軍公教家庭之賜，配給米的制度讓我們不會吃不飽，可是在菜色方面的選擇就需要精打細算，不能經常大魚大肉。餐桌上見到海鮮的機會不多，雖然魚很常見，但多是比較便宜的吳郭魚，逢年過節才會吃鯧魚、鱸魚或是買個鰱魚頭來煮湯。肉倒是每天都吃得到，只是分量會算得剛好，每頓飯吃完一定盤底朝天，都吃得光光的。

雖然家境不寬裕，但母親很重視吃，她說她不要讓她的孩子去羨慕別人有自己沒吃過的東西，所以總是看到什麼新鮮的吃食，就盡量買回來滿足我們，但是在分量上就必須有所控制，才能負擔。

我們兄妹五人從小就習慣分食，尤其是非正餐的食物，例如月餅、蛋糕這一類點心，或是雪梨、蘋果這些當時很昂貴的水果，一定要先均勻地分為五等分，否則總是會起一番爭執。

令人汗顏的是我們家幾個孩子只是凡人性格，裡面沒有特別愛護弟妹的大哥，也沒有禮讓兄長的孔融。在可口可樂剛引進台灣的時候，我們可是連一瓶可樂都要平均倒入五個杯子，而且錙銖必較，務必要分得等高才罷休。

對於家中的資源分配，同胞兄妹為何如此計較？好像多分得一點就占到了便宜。其實孩子們在意的不只是吃的本身，而是多分得了一點食物，會感覺好像從父母那兒得到的愛也多了一些。我們不喜歡父母偏心，卻很矛盾地希望自己可以得到多一點偏愛。

食物跟情感之間一直有著祕密聯繫的關係。如果你喜歡一個人，你會願意請他客，陪他一起吃東西，或是為他下廚，當然更會把自己愛吃的東西與對方分享，甚至讓給他吃。我們在計較誰分得多分得少的同時，卻沒想到母親從來都不加入分一份，有什麼好吃的，她總是自己不吃，先讓給大家。因為她有愛，所以捨得。

母親因為怕我們說她偏心，所以特別強調要分配公平，卻沒想到這樣讓我們忽略了應該要跟她看齊，學習寬大與慷慨的價值，學習要懂得透過捨得來表達愛。

我小時候體弱多病，常常因為生病，母親就會特別煮點營養的好物給我吃，我雖然討厭生病，卻很喜歡得到比較多關注的感覺。

在小一的時候，我曾經因為腎臟發炎，不但整整一個學期沒去學校上學，也因為疾病要控制鹽分攝取的關係，不能跟家人同桌共食。為此，母親每餐都特別為我料理不同的菜。我自己坐一張小桌子，桌上的食物由我獨享。那時她還買了一種叫做蘋果醬油的淡口調味料來烹煮，因為名字很好聽，且那時蘋果是昂貴的水果，因此兄妹們都很羨慕我可以獨享。雖然食物很清淡，我卻吃得很開心，好像忘記了生病這回事，只感覺自己得到了比較多的寵愛。

◆

每日正餐的變化比較少，所以我們喜歡在遇到節慶和生日的時候帶自己心愛的人去吃點特別的，也用這樣的方式來表達關愛之情。平板的生活需要有這樣的儀式感來強調彼此對這段關係的重視。

因為是特別的日子，所以當事人要比平常捨得，不但要捨得時間，也要捨得金錢。要跳脫既定的慣習，不拘泥於平日的用度標準，特別的經驗才會在我們的記憶中留下美麗的刻痕。

許多人總是以工作和事業為重，並不把特別的日子視為優先事務來安排，即使有安排也經常變卦。通常在爽約之後想下次再彌補，都已經太遲。因為生命不停地流逝，每一個值得紀念的點跟下一個點不同，往者已矣，有時錯過了就是畢生的遺憾。

在重要的時刻省錢也是頗煞風景的事。有些經驗固然昂貴，但可能一生僅此一次，只要不會傾家蕩產，有時也可稍微放縱難得的奢華。試想，若是好不容易排除萬難在特別的時間來到了特別的地點，結果只為了錢的因素而掃他人的興，造成不快，真是何苦來哉？

年輕的時候我不懂這個道理，就曾經犯過這樣的錯誤。三十年前我跟妻子壯遊，來到了花都巴黎，妻子看到她心儀已久的超大海鮮盤（Fruits De Mer），非常興奮，一直想要去吃。但是一個人消費大約要兩、三千台幣，以當年的物價水準，我覺得太貴了，自己也沒有很愛吃海鮮，所以硬是不肯配合。妻子氣得當街跟我分道揚鑣，說各人吃各人的好了。其實當時我們也不是吃不起，但當下我只想到太奢侈的問題，就沒有同理妻子的心情，也讓她的旅程留下這個遺憾。

隨著年齡增長，妻子後來當然吃到了她的海鮮盤，但是當年錯過的滿足感卻彌補不回來了。因為同樣的經驗在年輕又不太有錢的時候獲得，要比年長又比較富裕的時候獲得更顯珍貴，就像小時候吃過的美味要比年紀大了吃到的山珍海味更令我們懷念一樣。這不只因為年輕時食量較佳，也跟我們在比較匱乏時，美好的經驗會帶來更大的歡愉有關。

在妻子離世前不到兩個月，我們又來到了巴黎，為了招待同行的學生，妻子說要請他們吃海鮮盤，也許是為了彌補自己在年輕時曾經被我阻止的欲望，她想看看學生開心的表情吧？當美麗豪華的三層海鮮盤端到面前，她因為身體不適，面對著生冷的食物一點也吃不下時，我忽然明白人生短暫，行樂須及時的道理。

一直到她走的那刻，胃口都沒有恢復過。有人說她就是因為吃了太多美食才損害了健康。我卻不這麼認為，生死有命，一個人的壽命長短應是天注定的。妻子還好捨得吃也捨得請客，懂得讓自己開心也樂於分享，才沒有白活這輩子了。

有人說食物是情感記憶的鑰匙，因此能夠跟喜歡的人經常一起吃飯，所累積的情感記憶也就會愈多。人與人之間的緣分沒有永久，有一天必須分離。如果不想在分離之後太過痛苦，那盡量快樂地一起吃飯就是最好的預防針。因為當緣分結束時，美好的記憶不會消失，還會繼續與我們同在。

我的母親在並不寬裕的環境下，盡量讓我們在吃上面不必羨慕別人，而成長階段令我懷念的時光也總是圍繞著全家人一起吃東西的場景；我的妻子走後，雖然開始的時候會食不知味，但是療傷期過後，曾經一起分享食物的記憶就成了最好的陪伴。惋惜難免，卻沒有遺憾。這都是因為她們都捨得用食物來表達愛，也捨得透過吃來禮讚生命啊。

每當我遇見不肯花錢或花時間在吃上的人，總會感覺到他內心是孤單的。一個充滿溫暖與愛的家庭中，吃絕對是重心的一部分，也一定會幫家人慶生。如果有人強調自己從不過生日，聽在我耳中，就好像在表示自己不需要愛，沒有人關心也可以過得很好一般，這會不會也是不敢接受別人對他好的一種防衛呢？

或許這樣的人是成長於艱困的環境，求生存都來不及了，哪有能力負擔過生日這種奢侈？但是當處境轉好，或者晚輩願意反饋的時候，實在不必繼續將自己隔絕在恩寵與愛的門外。畢竟可以交融情感的人生才值得活，不是嗎？

——選自《人生需要酒肉朋友：一起吃飯，不見不散！》，天下雜誌，二〇二一

朱全斌

自小熱愛文藝與表演藝術，跨足學界與業界，擔任過電視台副總、編劇、插畫家、專欄作家、廣播主持人、音樂劇導演等。

早年製作電視節目，類型涵蓋戲劇、新聞與社教節目，並屢獲金鐘獎肯定。後專職教授，同時拍攝紀錄片，作品《聖與罪》曾獲金穗獎、墨西哥國際電影節紀錄片金棕櫚獎及澳門國際電影節金蓮花最佳紀錄片獎等。

二〇一五年妻子韓良露過世後，創辦了南瓜國際，整理出版其占星系列著作。此外也戮力於文學創作，著有《當愛比遺忘還長》、《謝謝妳跟我說再見》、《人生需要酒肉朋友》等。二〇二〇年自國立台灣藝術大學傳播學院院長一職退休後，除了旅行、寫作，也主持廣播節目《朱全斌的燦爛時光》，以及電視節目《藝次元宇宙》，以幫助他人開拓自我為職志，探索生命更多的可能性。

◉賞析——用情

李純瑀

〈吃的捨得捨不得〉凝聚著作者不同時期的深情，藉此圓融了飲饌歲月，同時遞出捨得付出亦是捨得放下的消息，無論風沙漫天抑或晴空萬里，若能相聚則應當盡歡，如此方能在別後了無遺憾。

一起經歷過風霜雨雪的人，定能體會此種溫柔。相聚之時不談殘缺過去也不提神傷往昔，只說著當下一切、聊著目前境遇。乍看之下，似乎真是「酒肉朋友」？是嗎？更多時候，就是因為有著最為透徹的理解和相知相惜，才使得人們在難得的團聚時刻，不談原因、不提從前、不論轉折，這「酒肉朋友」間「若無其事」的相處其實是極為體貼的情分。

又或者，蒼天給予的緣分甚深，恰如其分在剛好的時空中走進對方的生命，陪伴著彼此經歷高低起落。那麼，可以說的故事、能夠談的曾經隨著時日累積變得深厚，縱使記憶泛黃也有鮮活軌跡可循。以這樣的放鬆節奏相聚，倒是成為「貌似」酒肉朋友，事實上卻是最貼心的互相依偎。

無論是哪一種「酒肉朋友」，被理解的觸動都能由此見之。

《人生需要酒肉朋友》中的一飲一饌，透出了若無其事的體貼也見到了互相依偎的心安，在觥籌交錯間看見兒時、念及舊情、望向遠方，環抱著每一個需要愛的人。

愛，是捨得付出亦是捨得放下。

捨得在每一次的相聚與離別皆能無畏的安頓身心並感謝與之同行的人們，喔，是感謝酒肉朋友！

一起經歷過風霜雨雪的人，定不負此種溫柔。

舌尖上的民國和八卦
讀《民國太太的廚房》

李桐豪

週末夜晚和死黨吃飯這件事如此迷人不外乎兩個原因：八卦和美食。朋友沒揪的夜晚，不妨讀讀《民國太太的廚房》止飢，軍閥、作家、名士、畫家……二十四張菜單，二十四段民國如煙往事，活色生香的菜肴與名人軼事，書裡一應俱全。

譬如這則：宋美齡愛美，每天量體重，早餐不過就兩片吐司和芹菜沙拉，自己吃得克制，也控制蔣介石飲食。蔣介石討厭木瓜的味道，但她逼蔣介石每天早上吃木瓜，因為木瓜對腸胃好。控制了一個男人腸胃，就等於控制這個男人，哪個女人不想在餐桌上爭權？

一九二七年，蔣介石在南京成立國民政府，鄉下的元配毛福梅派人送去醃莧菜梗和臭冬瓜等故鄉醃菜，下堂妾姚治誠的必殺技是「禿黃油」，將蟹黃蟹膏與豬油炒熬，這道菜費時費工，但失寵的女人最不缺的就是時間；然而愛情裡失勢女人的一番心意全被宋美齡劫殺，她嫌醃菜又鹹又沒營養，完全不許蔣介石碰。除了健康考量，也是不讓男人有睹物思人的機會。

故而張愛玲《色，戒》要慎重地引用辜鴻銘的話警惕讀者：「女人通往男人的心要經過胃，男人通往女人的心要經過陰道」，但這個愛情必勝兵法張愛玲顯得沒鑽研得通透，她是點心達人，吃可頌、吃蛋糕，胡蘭成說她「每天必吃點心，她調養自己像隻紅嘴綠鸚鵡」，但絲毫不會做菜，胡蘭成兒子來訪，她只能拿花生醬抹吐司招待，故她最後輸給了善於烹飪的范秀美。

文學史當然不入名家菜單，然而作家的菜單比書單更容易看出這個人的面目，因為人在飢餓的時候到底更為誠實。

朱自清以〈背影〉一文長踞中學生國文課本，父親矮胖的身材攀爬月台買來的橘子已成經典，但除了橘子，他吃的東西可多著了。他有胃病，但愛吃，日記上可以出現「牛肉鍋吃美了，可以開始跳舞」這等行腳節目主持人口吻的俏皮話，他晚年都在吃：「天冷，貪食致胃病復發」，「午飯吃了饅頭，因為一共吃了七個，致胃病發作」，「午睡後額外食月餅一塊，致胃不適，當心！是收斂的時候了，你獨居此處，倒了無人照料，下決心使自己強健以等待勝利。」一九四八年朱自清於北大醫院去世，死因是吃傷了，嚴重胃潰瘍導致胃穿孔。

作家貪食人間煙火反而讓他們特別可愛。愛罵人的魯迅，原來愛吃甜食，愛吃沙琪瑪與白薯切片。他留日崇拜夏目漱石，偶像吃藤村家的羊羹，他也要來上一份。弟弟周作人比他更瘋狂，在北京時期一天到晚靠北沒有好吃的甜點。他晚年與海外友人鮑耀明通信七年，七百四十五封信都是食物，大作家託友人為他張羅日本的奈良漬、玉露茶和鯛味噌。妻子羽太信子罹患胃病思念家鄉之物，想吃東京榮太樓的栗子饅頭，他不顧自尊去信討要，友人最後拜託谷崎潤一郎才覓得一盒。文壇八卦說周作人懷疑魯迅偷看信子洗澡，魯迅看不慣信子亂花錢，導致兄弟反目。但信子臨終纏綿病榻，周作人仍不忘為她張羅一盒栗子饅頭。

貧賤夫妻百事哀，燈火下那幾道菜成了最溫柔的安慰。不如用楊絳、錢鍾書的故事做結論。錢鍾書在牛津讀書，楊絳同行陪讀，人在異鄉，一日三餐都是冒險，但少年夫妻懂得變通，懂得白水煮肉，再佐生薑與醬油，想喝火腿湯，就用帶骨的鹹肉跟鮮肉一起煮，就是頗具江南風味的醃篤鮮。

楊絳在英國生女錢瑗，錢鍾書歡喜得不得了，但每每去醫院探訪妻子，帶來的全是壞消息：他打翻了墨水瓶，他砸壞了檯燈，他弄壞了門軸。楊絳總是笑笑地說沒關係，我回家處理吧。妻子出院回家，發現屋子裡一團亂，但廚房飄來香味，走進一看，爐子上燉著一鍋泛著金色油光的雞湯，湯中有點翠綠，那是錢鍾書特意剝的嫩蠶豆，那是他們在江蘇故鄉五月會吃的應景之物。男人端著雞湯催促著要她喝下，那一刻，這個女人記了一輩子，即便是後來先生和女兒都先她離去，只剩下她一個人記住他們仨，她仍記著那中午，她喝著雞湯，他看著她。笨手笨腳的男人為她燉了一鍋雞湯。

——原載於「博客來OKAPI閱讀生活誌」「作家專業書評」，二〇一七年八月十四日

李桐豪

復旦大學新聞學院畢業，記者、紅十字會救生教練，經營老牌新聞台「對我說髒話」與同名臉書粉絲頁。OKAPI專欄「女作家愛情必勝兵法」、「瘋狂辦公室」作者。

著有《絲路分手旅行》、《不在場證明》、《非殺人小說》、《紅房子》等。曾以《絲路分手旅行》獲二〇〇五開卷美好生活推薦，〈非殺人小說〉獲林榮三文學獎小說二獎，〈養狗指南〉獲林榮三文學獎小說首獎、九歌年度小說獎。

◉賞析——甘願

李純瑀

關於止飢，不在填飽肚子而在豐盈歷史在心中的缺角，這番書寫是如此活色生香，使得那些或近或遠的人們剎那間更加認真了起來。

食物到底是不尋常的，每道菜肴總能清晰勾勒出人物與食物之間細密綿長的曲線，廚房中的身影隨之完整。畢竟「民國如煙往事」本就從不如煙，羊羹或木瓜甚至白水煮肉、栗子饅頭，實在難以掩飾一閃而過的真情實感。

擁有一席之地的過往人物，在飲食中有著屬於自身的小祕密。這份私藏的存在促使酸甜苦鹹成功喚醒一份記憶，我們終究可以從中瞥見可愛之處，亦無須細想這祕密來自市井小民或是權貴之家，那就是個鮮活的生命，只是個平凡的普通人，極為單純。「菜單比書單更容易看出這個人的面目」大抵如此。

一盞茶透著眼神、一頓飯瞥見微笑都是故事，具體、細微的在話語互動間要人思念起歷史流水中的點滴，又在不起眼之處讓曖昧與模糊的情感填滿、立體、補足了寫在歷史裡的每個角色。

然而，無論是掌控飲食之方或是藉由料理捧出真心，最終的依歸，怎麼說都是拿起筷子、握著調羹之人。食物成了烘托情緒的媒介，倒是極為真實的日常情調。這飲食與情感之間誰為實誰為虛，似乎更顯難分難捨了。

不如這麼想吧，心甘情願，即是美好滋味。是嗎！

輯四

四方　三江五湖

老粵菜打動役所廣司

司徒衛鏞

曾有段頗長時間，我一天到晚要在外開餐，最討厭的是那些應酬式的飯局，通常大堆人我會避之則吉，多過六個人的飯局我已如坐針氈，尤其有陌生人同檯，就更拘謹難以吃得開懷，「政治飯」好多時候都會去那些所謂新派飯堂，即使是山珍海錯，但偏偏會食之乏味，那類豪華場面「非我杯茶」，如以吃論吃，我寧願三五知己敘舊談心，吃頓美味的家常菜更愜意。

某天，老友大監製張家振從遠方來電，告訴我會來香港數天出席國際電影節，因要頒項「卓越亞洲電影人大獎」給一位日本演員，他就是役所廣司。張家振問我能否幫他找個地方宴請役所廣司夫婦，是餐便飯，不過想在灣仔區因較接近他們下榻的酒店。我以為「任務」很簡單便一口答應，只是隨便找間富貴飯堂，像福臨門、家全七福、新榮記或君悅之類，打兩個電話訂間貴賓房便了事，後來發覺竟過不了自己那關。這不是土豪式應酬飯局，我應送佛送到西，找個靠譜的地方才不負所托。

說老實話，我們從小一天到晚在外打拚開餐，無數的飲宴飯局，什麼鮑參翅肚也不外如是，早已沒啥新鮮感，正所謂有什麼像樣的沒見過，倒不如實實在在，找些好味道的老菜式好過，但如果沒有老闆及大廚親自下場監督，我又放心不下。我算老幾，不會去富貴飯堂自討沒趣，反而要找個可以溝通，又用心用刀去做好餐飯的才合我意思。其中有間菜館叫星記，近年我常去，看著老闆由星仔變星哥再到星爺，那天我找到他及大廚輝哥，道明來意，一齊商量好菜單就此決定。我不需菜式好看，因不是吃法國菜，不是看而是吃；也不需要多大排場，對我來說那不過是裝模作樣；但必須好味道，要好吃，只要求全部真材實料用足一級靚貨，我知道他們的海鮮與福記來自同一間供應商，絕不會將養魚當海魚賣，輝哥史會親自下廚炮製，讓他們吃到拍心口我便安心。

這間小菜館沒有悠久的歷史，只開了短短幾年已得到不少掌聲，老闆以前在生記時我已認識，這店的拿手好菜反而是些舊式家常菜，食材保證新鮮無添加夠鑊氣，如椒鹽鮮魷是真的用新鮮大尾魷，要香脆漿薄才不會掩蓋其新鮮滋味，椒鹽九肚魚一定要選新鮮大條的去骨做，雪貨肉質易爛起潺，完全不是味道。

順德菜出名大良煎藕餅，是很有特色風味的家常菜，可用不同配料去釀藕，各處鄉村各處例，各家各戶可各施各法，配料亦可以隨著季節而變化，常見的煎藕餅配料有鯪魚滑、豬肉、臘肉、臘腸、蝦米、蝦乾、芋頭、冬菇等。星記的生煎藕餅用生刨藕絲，加入梅頭肉、豬頭肉、五花腩肉和鯪魚肉混合釀成，「食落彈口」。

生炒骨很多地方都有，但不是太甜，就是過肥或只得骨頭一塊，很少能做出神髓，以前我認識一間小店做士多啤梨骨曾做出名氣，但可惜其後無以為繼。星記其中之一的招牌菜鳳梨生炒骨，炸得外酥脆內軟嫩，裹著一層酸甜醬汁，少一絲油膩多幾分果香，大廚說祕訣是要懂得收汁，才能包住肉味兼夾起時有掛汁，如汁太多反而不夠香，菜式看似簡單但要做出味道就一點也不容易。

我有位俄羅斯好友每年來港都指定要去鯉魚門，因他少見活海鮮，每次到鯉魚門逛那些海鮮檔便很雀躍，主觀上便覺得好吃。其實我極不喜歡去鯉魚門，餐廳既不衛生廚藝也欠奉，談不上服務態度，更不要說「斬客」不留手。眼見俄友做了十多年「老襯」，近年我終於說服他改來星記吃海鮮，保證水準高許多，鯉魚門吃到的都可照樣找到更有過之，不管是蒜蓉粉絲蒸鯉子皇，或長達三十公分超大隻的椒鹽泰國大蝦蛄都能替我找到，他試過後心服口服自此絕跡鯉魚門。

此次我叫星哥找兩條深海黃皮老虎斑，算是斑中極品，比東星斑好，海斑與養斑的價錢相差至少六、七倍。以黃皮老虎海斑為例，魚肉滑溜清甜，表皮顏色亮麗有光澤，如在魚排養殖的黃皮老虎斑，色澤明顯灰暗，一看便知龍與虎，食味有若天地之別。果如所料，那晚他們大夥人都吃得稱心滿意，紛紛向我致謝，役所廣司對老粵菜留下深刻印象，而我也算功德圓滿，下次有機會，要他再試蝦子柚皮，甚至霉香馬友蒸肉餅，再給他驚喜。

日本有很多傳統的藝人工作態度非常認真，有套規矩默默遵守，如高倉健拍張藝謀的電影時便令所有人吃驚，他拍戲時幾乎全程站著，不會坐著等開拍，嚇得導演也將椅子拆掉。他沒戲份時都不願離開現場，寧願遠遠站著觀看，對所有人不論職位高低都彬彬有禮。他像位帶點古典氣質的謙謙君子，敦厚禮讓。張藝謀形容，這是老派的作法，他感念所有人為他做的一切，即使這不過是別人的工作，他不喜歡麻煩別人，也不喜歡被特殊看待。

當我見到役所廣司，也給我這種感覺，他也是如此禮貌周到，在日本有崇高地位，人卻很隨和沒架子。他應該是一九七九年入行拍村野鐵太郎執導的《遠野物語》，當時他只演個小角色，到一九八五年拍伊丹十三執導的《蒲公英》已獨當一面當主角。到拍《談談情跳跳舞》及《失樂園》等電影，已成功演活了中年男人心事濃的角色，可能已成為女觀眾「紅杏出牆」的首選。他很多電影我都看過，很多角色都感動了我，像《我的母親手記》，每次見到他背起母親（樹木希林飾）的畫面，便禁不住熱了眼。

他從影四十年已拍過無數佳作，包括幾部好萊塢電影如《藝伎回憶錄》和《巴別塔》等，早被視為實力派的男演員。他得獎無數，做過多次影帝，不像木村拓哉或福山雅治，他們是偶像而役所廣司是演員。這就有點像發哥（周潤發）與城城（郭富城）的分別，偶像即使做了影帝也褪不下偶像那層外衣，而役所廣司在日本，就有點像我們的周潤發，始終是個演員。

後記

在第十三屆亞洲電影大獎，日本電影學院獎影帝役所廣司，再度以《孤狼之血》榮獲亞洲電影大獎最佳男主角及「卓越亞洲電影人」兩個大獎。

——選自《回憶的味道》，三聯，二〇二一

司徒衛鏞

專業商業設計及形象顧問、資深多媒體創作人。廣告片導演及監製，曾在海外各地攝製廣告，屢獲外國專業獎項。電影美術指導，曾獲香港電影最佳美術指導金像獎。

◉賞析——在乎

李純瑀

香港美食之動人，生滾粥、乾炒牛河、煲仔飯、燒賣、鮑魚酥、楊枝甘露、鴛鴦奶茶、鳳爪、腸粉、炸兩、春捲……市井小吃中的好滋味，任誰都能在其中吃出香氣。

《回憶的味道》接下了重任，並未選擇唾手可得的平民餐食，而是務求餐桌上布著禁得起千錘百鍊的山珍海味。既選定了老粵菜作為主角，務求地道之盛宴同時尚得遵循傳統，方不負「老」之一字。倒要人想起武俠大師古龍筆下的粵菜，其書中的臘味飯或乳鴿，想來應屬「老粵菜」之流，只是不知是否入得了《回憶的味道》中款待之法眼。

設宴招待，實屬大不易。對方不吃什麼比吃什麼重要、有無導致過敏之食物、用餐環境氣氛等諸多事項，需竭盡所能的設想周到，賓主盡歡方顯主人家由內至外的仔細。

顯然，要真正捍衛「吃」與「傳統」的精神，得請出精通本色料理的行家周詳、精心且謹慎以對，自然可以出神入化般創造出絲毫不將就的美食。〈老粵菜打動役所廣司〉從備料過程的再三斟酌到使盡渾身解數的精心炊煮，均化為喉間的慎重待遇。

一場筵席，舉筷瞬間即是最美的遇合。

宴客，以真誠的心意慢火煨著每一道菜肴，這心意暖和的滲入肌理。老粵菜之所以感動了役所廣司，不妨理解為美食當前之外，一份無與倫比的費盡思量。

陽光離島，甘藍香

陳珮珊

吃不完，就曬成乾！

「老師、老師，妳在家嗎？」門口傳來一陣叫喚。

原來是母親好友、務農的阿姨又送菜來了。碩大高麗菜兩顆，秋冬盛產，是澎湖農人最樸實真誠的情意。只是，家中本已購入一顆，三人如何消化三顆高麗菜？「不然來曬高麗菜乾。」媽媽說。

隔日清晨，廚房裡的母親啟動「高麗菜成乾」模式，將兩顆高麗菜掰成片狀，並以鹽水浸泡過。「該妳上場啦，拿去頂樓曬太陽。記得要把菜葉攤平分開。」

突然有了農事體驗的興奮感，我領了菜雀躍地爬上四樓，踏出頂樓門時卻陡然停住。「天啊，這陽光！」不由自主瞇起眼，澎湖初升的太陽一點也不青澀，十分欺人，久居台北的我尚未大展身手，就被家鄉的「熱情」震懾得縮回腿。

「不能成為媽媽嘲笑的農事逃兵。」

我迅速在頂樓鋪平幾片厚紙板，再拿石磚壓穩，以防虎視眈眈的東北季風作亂，然後開始放置高麗菜片。動作雖快，卻仍感覺陽光炙燒我外露的手腳，未聞菜乾香，倒是先有了肉香……慢慢地，蹲跪在地的雙腿痠麻發抖，持續彎躬的背肌緊繃拉扯。滾燙汗珠從額頭滑落，落得我志氣崩壞，驟然想起李紳詩句：「鋤禾日當午，汗滴禾下土，誰知盤中飧，粒粒皆辛苦。」

下樓向母親邀功，立刻得到冰涼西瓜片犒賞。我邊吃邊問母親，那些累壞我的高麗菜乾，將來要如何「整治」？答案是，乾高麗菜已富含日光祝福，自帶特殊香氣，只需簡單拌炒肉絲就是佳肴。更何況，菜曬成乾分量會大縮水，也無多餘製作其他料理。

澎湖人家中的常備食材

「不過，澎湖人還喜歡把高麗菜處理成高麗菜酸，我就煮過澎湖名菜『高麗菜酸燒石咾魚頭』給你們吃啊。」媽媽說，高麗菜酸製作過程與高麗菜乾不同，一般是將高麗菜剖成塊狀，日曬一天去水，讓空氣中的鹹水煙風乾，形成自然的海風鹽味。「這也是澎湖高麗菜乾氣味特殊的原因。」之後，再抹些鹽搓揉，置入有水的桶中，並加入促進發酵的洗米水或鹽水，以板及石頭將高麗菜重壓於水面下，將桶密封後收置陰涼處，一到兩週就能醞釀出香、酸、脆並存的天然醃製品。「炒肉、炒魚、煮火鍋都很對味，是許多澎湖人家中的常備食材。我朋友還說，使用地瓜籤水發酵，口感更甜呢。」

我想起冰箱冷凍庫裡的確總有一包高麗菜酸，沉默卻有分量。「其實我沒買過，朋友會送我，她們以烏崁高麗菜製作，品質可優了。」媽的語氣裡帶有驕傲；我知道，那是因為家中的高麗菜酸，是以濃郁情分發酵。

傍晚時分，母親突然喊我：「快去收高麗菜乾，晚了脆度會回軟，而且夜晚有露水！」我趕緊跳上樓，跪地移動，一把把撿拾已曬至捲曲的菜葉。涼風吹拂下，斷續嗅聞到縷縷沐浴過陽光的高麗菜香，我頓時生出親近土地的感動……只是，菜沒收拾完腿又麻了，感動戛然而止。唉，曬高麗菜著實辛苦，玩票當農婦不簡單啊。

跑上跑下，蹲蹲跪跪，勞碌三日，我守護的高麗菜乾終於達到母親滿意的乾燥程度，我也快樂地脫離偽農婦身分。

今日晚餐，母親端出熱騰騰的「高麗菜乾炒肉絲」，我的勞動成果。土黃色系，乾扁模樣憋憋屈屈，初見有些小家子氣，但瞧著想著，便覺菜式澎湃，無比豐盛啊。

我小心翼翼夾起一片菜葉，入口細細嚼。感覺，陽光香氣久久不散呢。

——原載於《聯合報》「副刊繽紛版」，二〇二二年三月四日

陳珮珊
曾任中時及聯合報系企劃，曾獲吳濁流文學獎、菊島文學獎，入選吾愛吾家有獎徵文、醫病心聲徵文。文字創作散見各報。

◉賞析——況味

李純瑀

大家熟悉的高麗菜，為結球甘藍，此外還有羽衣甘藍即為芥蘭、球莖甘藍則是大頭菜……甘藍家族可謂龐大族群。此家族深得民心，經過各式改良後有了更佳的口感與健康價值。當然，可從中變換的菜色自是琳琅滿目。而澎湖人家中常備之「甘藍家族」中的自製高麗菜乾，需要豔陽如火以及勤於照料，製作過程又是一門頗為忙碌的家常藝術。

風味獨具的高麗菜乾，乃至於特有的高麗菜酸，與當地生活融合無間，幻化成為深厚濃郁的煙火氣息，一經貯存即成為久久不散的故鄉之味，無論外界多麼擾攘喧囂，製作高麗菜乾的奔波過程卻顯得踏實又閒適，這應當就是「家」的與世無爭吧。

高麗菜乾、高麗菜酸、高麗菜酸燒石咾魚頭、高麗菜乾炒肉絲雖非極負盛名的大菜，卻是心靈手巧、深諳食材特性也講究烹煮細節的掌勺人隆重推出的美食饗宴。

關於甘藍家族，千年前的蘇軾同樣有過心靈手巧、與世無爭的體會。他收到了街坊送的大頭菜，吃得很開心並歡喜的說：「其法不用醯醬，而有自然之味，蓋易而可常享。」當然，那時身在海南的他沒有太多飲食選擇，能夠吃出食物原味及體會日常之樂，是文人無比難得的情懷；而今〈陽光離島，甘藍香〉共三顆高麗菜在手，的確需要加工一番才能不浪費的妥善保存。確實，若食材豐富，可製作的佳肴想必眾多，若食材單一則在簡單中想方設法呈上各色料理，這便是亙古不變的硬道理，人們總在各種狀態下尋出最適宜當下的盤中美味，這餐盤上的意義，實是世間再真實不過的生活之道。

陽光如此之好，尋常家庭總是這般香味四溢，〈陽光離島，甘藍香〉令人滿懷不捨、時時挑逗著味蕾，大飽澎湖人的口福。

雞蛋之城

胡靖

高中三年我曾經吃下許多雞蛋。那一段時間，早晨的情景經常如此重複：盥洗更衣後，腳步慌忙地奔跑下樓，到廚房找尋食物止飢。鐵鍋蓋一掀開，鍋子裡端端正正坐著幾顆水煮蛋，我與它們對看一眼，隨即欲蓋彌彰地掩蓋起來，彷若鍋子裡頭空無一物。

水煮蛋是早就煮好的，在我仍然貪睡於被窩時，爸爸先到廚房轉開瓦斯爐燒開水，自冰箱取出幾枚雞蛋，以菜瓜布擦洗，再沿著鍋緣緩緩放入升溫的鐵鍋。水煮開後，熱氣蒸騰的鍋蓋一下一下悶悶響著，直到我起床盥洗，它們才漸漸安靜下來。雞蛋悶熟了，我不願取出來吃，爸爸仍會兀自撈出一枚沒有裂痕的，放入涼水冷卻，裝袋。每日出門前，總要從他手上接過一只水霧凝結的塑料袋，隨手塞進外套口袋裡。

水煮蛋那麼不適合早晨乾燥的喉嚨，蛋黃卡在咽喉不上不下，吃得啞口無言，只得配水吞嚥，幾次感到厭膩，故意將水煮蛋留在餐桌上，以為慌忙間家人會遺忘，卻每每逃到玄關處穿鞋了，仍然被媽媽喊住，伸手一塞地強制配發那顆蛋到書包裡。若是推託婉拒，便會像是年節親戚送禮的戲碼那般，拉拉扯扯著在空中打太極，幾次下來沒敵過媽媽的要脅，最後仍是不甘不願地攜帶著水煮蛋，出門趕赴那班往返桃園的一號路線公車了。

雞蛋熱度散失得慢，揣著那只溫暖的袋子，一路從家裡周折至中壢客運總站，書包仍然透著微弱的餘溫，像是從昨夜被窩裡攜帶而來的一樣物件。帶著它移動在日夜交替的時間差裡，水煮蛋溫度逐漸降低，沿路街景於此同時一刻度一刻度地轉醒，天色漸漸分明，四周攤販熱鬧起來。

抵達車站之後，我不顧書包裡家人準備的早餐，流連於沿街的攤販。中正路上散布著兜售飯糰、蒸餃、水煎包、潤餅捲的小攤，一路向著火車站延伸而去，再走遠一些的車站後站，有幾間相鄰的中西式早餐店，聚攏著搭火車通勤的各校高中生。在老闆的吆喝聲中，煎台旁的吐司邊已堆積成一座小山，我擠在人群裡，點一份熱呼呼的薯餅蛋餅或蘿蔔糕加蛋，忍不住在返回公車站的路上吃了起來。

各樣食物被潦草地裝進早晨初醒的胃袋，它們的共通處經常是含帶著一部分的雞蛋，因此真要細究起來，讓人膩煩的倒不是雞蛋這樣食材，而是它的烹調方式。分明同樣是雞蛋料理，下了油鍋煎炸，或搭配其他佐料，吃起來的味道硬是比平素只蘸鹽巴的水煮蛋好上許多。

提著早餐回到那條長得不見尾巴的上學隊伍，四周再度恢復靜默且昏沉，身後偶爾有呵欠聲，轉頭偷看一眼，大多是面無表情的同校學生，他們低沉著眼列隊在後，像是昨夜夢境的餘音尾隨而來，在迷糊之中被一個緊接一個塞入那班一號公車。

中壢公車路線少，尖峰時段人滿為患，攜帶食物通勤的原則是盡量無湯水，無醬汁，避免所有脆弱易碎之物。我所搭乘的一號公車經過三所高中，車上身著不同制服的通勤學生推擠貼身，頻繁響鈴上下車，即便車上沒有嚴格的飲食規定，仍然難以悠閒地吃一份早餐，整趟路程都勞心於以身體護持著所攜之物。

若真要帶上豆漿奶茶一類的飲品，務必小心攜帶，否則整個早晨便會在人群擠壓中歪斜偏移。座位在我後面的竺，慣常買豆漿饅頭當作早餐，好幾次通勤到校時，飲料杯的壓膜破裂，豆漿流淌在塑膠袋和饅頭周圍，紙杯裡僅剩一口。她一面惱怒地收拾，一面咬一口那顆浸濕的饅頭，早自習的試卷發下來時，一個人一個人往後傳，前面的人總得回頭檢查一眼，身後那片奶白色的發酵味是否仍然殘餘桌面。

回想那段公車路程，窗外轉瞬而過的街景時常模糊清淡，隨著公車駛離而消散。上學路上，我忙碌於低頭背單字，打瞌睡，緊盯著前側的制服身影，或者捏著手機，有一搭沒一搭地寫簡訊，很少向遠方看。那些時日我所注視的，都是非常貼近的事物。我常暗自注意同學們的早午餐菜色，央求家人準備相似的食物，當周圍的人吃起壽司、可頌，或連鎖咖啡館的三明治，我看著看著，便將雞蛋深藏在書包裡，不願被人發現。

放學到補習班的路程中，理應可以將沒吃盡的早餐作為點心填飽肚子，然而和朋友走在一起，忽地拿出自己包袱裡的食物總是顯得突兀。唯有隔壁班的學妹H，耐受不住通勤轉車的飢餓時，偶爾會將雞蛋一把搶去吃。她喜歡坐在公車最後一排，抱著樂器貼在玻璃窗上熟睡，一次睡夢乍醒間慌忙下車，不小心將樂器遺落在車上，只得到客運站的掛失服務台，從琳琅滿目的遺失物件中領回。她檢查了樂器外盒，讚嘆此地人的良善不昧，後來想想，或許僅是因為她的豎笛盒外觀陳舊得如同一只磨損多年的黑色工具箱，即使放置在街市中央也無人理會。

傍晚時刻，中壢火車站在一片霞紅中亮起了夜燈。那一座在多次評選中，被各式媒體排名最後、外觀最醜的火車站，當年我卻渾然不覺它的異樣，在附近兜兜轉轉，度過了許多課後時光。

從中正路的轉角巷弄，一路步行至元化路、中平路，沿路上熱食店家選擇無數，一心蔥油餅，沙威瑪車、麵煎餅，無名鍋燒麵，超過半數中壢地區高中生都吃過的梅亭，播著揚聲器從早至晚的紅豆餅……我數算零錢包裡的少少幾張紙鈔，小心翼翼地花用。價格低廉是它成為學生覓食場所的首要條件嗎？除了準備進補習班的高中生，它也是許多外籍移工下班後的聚集地。

網路上戲稱中壢火車站為東南亞租借地、出站等同於出國，然而我對車站的第一印象倒不是南洋風情，而是車站外頭排班的計程車司機，他們招起客來生猛潑辣，像是無故對著路人訕罵，外地來訪的朋友常驚懼於如此的叫囂聲，只有當地人習以為常，神色自若地穿越其中。

繞過成排的計程車，向著後站而去，或走路到中平路的步行街上，像是穿越一個洞窟抵達一個陌生國度。街邊販售椰奶煎餅、炸香蕉的泰式料理餐廳，或張掛著陌生文字招牌的雜貨鋪，總是聚集一些陌生面孔的人。許久以前我曾拿著零錢包，好奇地走進去張望，鐵架上鋪滿了包裝鮮豔的羅望子汁、印尼泡麵，走著走著忽然一股穠麗的香水味迎面而來，原來是貨架後方其他客人探頭與我面面相覷，我心裡一陣彆扭，只好逃了出來。

如今回想起來，火車站的後街大概就是這座城市的縮影——不寬敞的人行道上，充滿著相異的氣味、語言、聲音，走在其間，會與旁人的袖口摩擦而過，猛一回頭，是鐵鍋烹食的熱氣迎面，一條路繁複龐雜，卻又自然而然地融入那些原來不屬於它的東西。

這座城之所以能像帽子魔術一般地，不斷生出新的面貌，有一原因或許是來自於此地本身的色彩淺淡，一如雞蛋那般，帶著包容性，結合之後便讓出自己。

而關於我身上攜帶的，那顆時常被刻意捨棄的蛋，要直到補習班下課了，看見電梯門邊準備給學生果腹的水煮蛋時，才會忽地想起它仍然卡在書包的一疊講義考卷裡。

於是在下課走出大樓，父親來接送之前，拿著它走過騎樓轉角，輕輕地丟進垃圾桶裡。後來我總想著，若有一隻浪犬翻倒垃圾桶，替我將雞蛋蒐集起來，那麼這座城市裡我所丟棄的早餐，大概足以堆疊成一面牆。每當我再次回到這座城，便可能在每一處轉角撞見昨日編造的謊言。

大學以後租屋在外，到大型補習班打工，見到電梯門邊布置好一桶一桶的零食，我總是越過薯片、王子麵，自然而然地伸手到另一側，拿一顆乏人問津的水煮蛋。也許是年紀稍微長了，口味日漸平淡，也或許是替人準備早餐時的那份心意，我終於漸漸明白。

把雞蛋敲開了，沿著裂痕將它揭穿，一如家人之愛裡難以拿捏的平衡，同時具有破碎與初生。一個人與另一個人之間小心翼翼地護持著，有時險如累卵，有時高牆在側，更多時候它的本質卻就是清清白白，素淨如一顆雞蛋。

——原載於《聯合報》「聯合副刊」，二〇二一年四月四日

胡靖

一九九二年生於中壢，大學畢業後至《聯合報》服務至今。工作內容為編輯報紙版面，以及籌辦台積電青年學生文學獎。興趣是種植物、彈鋼琴，最近還喜歡看棒球賽事。文字作品散見於各報章雜誌。

作品〈洗事〉獲二〇一八年林榮三文學獎散文首獎、〈怪物的巢穴〉入選《九歌一〇八年散文選》、〈雞蛋之城〉入選《九歌一一〇年散文選》、〈鐵線蕨與其他〉刊登於《印刻文學生活誌》二〇二二年四月號、〈星星的誕生〉刊登於《聯合報》「副刊繽紛版」（二〇二二年五月三日）、〈手指之丘〉刊登於《幼獅文藝》二〇二二年十一月號。

◉賞析——不滅

李純瑀

水煮蛋，喔，這是注重養生與健康的現代人推崇的食物。熱量低、蛋白質含量高，只要不鬧蛋荒，取得總是容易、料理方式也簡單。當然，這是從追求養生與健康的角度觀之。

若是從〈雞蛋之城〉的眼光端詳水煮蛋，卻是包裹著求學時代的擁擠、晃蕩與略微扁平的日子，又或者從這份包裹的意念投射出一座城市的包容與寬和。不需廚藝、不用功夫、不費時間，寬和與包容原來沒那麼困難。

行至不同歲月，總有些什麼難以言喻的情愫感懷，彷彿是經歷起伏跌宕後立體過了頭，反倒思念起平面的曾經。總想著以什麼交換過往吧，未料想不起眼的一枚小小雞蛋竟挾帶著天風海雨襲來，收攝人們並回到過去也同時恢復平靜。

交換時空的要角，是雞蛋也是那座如租借地一般的城市。畢竟那是最美好的年華，雖有細微裂痕但不減其潤澤、縱使寡味卻是萬種清歡。夜闌人靜時，瑕不掩瑜的一只雞蛋帶著人離開樁樁件件的紛擾，誰能不深深懷想。

駛過漫漫長路，目的地將是什麼地方，途經荒唐、順遂、悲傷、歡愉後終將回歸原點，原來最大的成就不是堅持到最後，而是放下所有且看見自己最初最真實的根本樣貌。

一枚雞蛋，或許容納了囫圇吞棗的過去，但是不曾離席且一路相隨的陪伴，在川流不息的風光裡收束了經年累月的痕跡，原來、原來，那是親情也是故鄉的水煮蛋，無時無刻的以生動鮮明的姿態喚醒種種，彷彿自年少起便從不曾斷裂。

就讓這枚雞蛋持續養生吧，休養生息身心、寬容著城市，在生活中持續圓滾滾的盡情翻湧著不曾離散的往昔。

李海魯肉飯

百年街頭點心執牛耳的肉臊飯與焢肉飯

楊双子

不久前我在社群網站上發了貼文，提及一名書友向我分享的美食心得：「全台灣最好吃的滷肉飯，我吃遍全台，最好吃的就是北投市場的矮仔財。」這個貼文一出立刻炸鍋，湧進近百則留言討論，各自宣稱心目中「全台灣最好吃的滷肉飯」是某地某店家。當然，也不乏有台中人看見矮仔財的「滷肉飯」照片後吶喊：「這不是滷肉飯啊！」——毫無疑問，我開啟了台灣有史以來第N次滷肉飯大戰。

粗略來說，北部的「滷肉飯」大致等於中南部的「肉燥飯」（正字作「肉臊飯」），中南部的「滷肉飯」是北部的「焢肉飯」（或異字「爌肉飯」，台語正字應作「炕肉飯」），而中部除「肉燥飯」明確指向碎肉末淋飯以外，有一整塊滷肉在飯上者，「滷肉飯」與「焢肉飯」名稱通用。台中介於南北之間，飲食文化匯流此地，上述滷肉飯、焢肉飯、爌肉飯、肉燥飯等字樣皆可見諸招牌，容易令外地人迷惘混淆，此類南北匯流的特徵遍及各類飲食，實是台中特色。

名稱便足夠引發戰爭，何況料理本身。基隆出身的文史作家曹銘宗曾在社群網站貼文討論：「北部『滷肉飯』與南部『肉燥飯』的差別，並不只是名稱，不但外觀不同，內容也有差異。」稱滷肉飯的滷肉汁組成兼具皮、脂、肉，肉燥飯的肉燥汁組成則沒有瘦肉，僅豬背皮脂為主（二〇二一年五月十一日）。台南出身的飲食作家黃婉玲《一碗肉臊飯》指出早年製作肉燥，即是使用價格最廉的「肉皮」，乃帶點肥油的豬皮，此處與曹銘宗所言若合符節。不過，肉燥飯作為百年街頭點心，已經發展出百花百色的肉燥模樣。

且暫時擱置肉塊＋飯的炕肉飯／滷肉飯，純粹討論肉燥＋飯的肉燥飯／滷肉飯吧。不同部位的肥瘦豬肉碎化，配以各色調料醬汁熬煮，即成肉燥。論口感，有的膠質豐富而沾嘴黏唇，有的保留肉質而咀嚼有感；論滋味，有的鹹香濃郁，有的醬香清爽，還有的甜鹹鎔鑄於一爐；論顏色，有色如焦糖，有色僅紅棕；論比例，有的汁多肉少，有的肉末堆如小山。都叫做肉燥飯／滷肉飯，實際吃起來排列組合何止成千上萬。

每個人心中都有一個「全台灣最好吃」的肉燥飯／滷肉飯。近年每逢美食大戰，必有一句口號：「我家巷口屌打。」字眼不雅，卻有睥睨天下的驕傲之氣。說穿了，「我家巷口」的味覺養成，就是各人美食雷達的定位關鍵。

而台中吃貨如我，首選是北區原子街的「李海魯肉飯」。

部分老台中人如我家人等，以台灣話叫李海作「李阿海」，帶有一股親熱勁，走李阿海家如鄰居廚房。原子街的李阿海，店鋪對外大敞，夏日燠熱冬天寒冷，但無損老顧客上門意願。老舊牆面掛一塊白底壓克力看板，紅字綠字藍字貼著為數不多的品項。飯僅「魯肉飯」與「肉燥飯」（我們就不討論用字上的差異了），湯則十種如清冬粉、肉圓、筍仔、豬心、豬肚、豬肝、豬腦、粉腸、蚵仔、骨仔肉。店面立著的一座大塊頭老冰櫃，隔著玻璃可以看見鋁箔包紅茶與罐裝飲料；冰櫃旁另有一座白鐵餐檯擱上數個餐盤提供新鮮菜色，可零售配菜也可外帶便當。

無論寒暑，我的標配是一碗飯配一碗湯。

阮囊羞澀時注文肉燥飯，肉燥肥處甜美，瘦肉耐嚼。稍有餘裕就能是滷肉飯，可以指定那塊大肉該偏肥偏瘦。米飯粒粒分明，滷汁略帶膠質卻不凝滯，附帶兩三條醃嫩薑，適合扒飯兩三口配小半條醃嫩薑，辛而不辣卻清爽，令嘴裡滋味一新，叫人緊接著再大口扒飯吃肉。家人偶爾單點嫩薑一份，專門下飯之用。

至於湯，個人愛好是豬心或粉腸，偶爾豬肝或豬腦。李阿海最實惠的其實是湯。他們家滷肉飯大碗60小碗50，需要耐煩處理的各種湯品卻最高價僅30元。特別豬腦需去血筋血沫，上桌一碗乾淨滑嫩而不碎爛的豬腦湯何其難得？但凡朋友敢吃豬腦，到李阿海我都推薦點豬腦湯（其實如果矇眼盲測，可能會將豬腦判斷為口感近似豆腐的乳酪，並不腥臭，不妨嘗試一次）。主力湯品清冬粉湯、肉圓湯（字面容易誤會，實乃肉丸子湯）、筍仔湯價格更廉，經常提前售罄。湯料美味，高湯味美，李阿海小店大器，有時天熱或天冷幾口喝盡碗裡湯水，店家眼尖就一湯勺過來給小碗加湯。

李阿海如鄰家廚房，情誼冷暖可能因人而異，或者因時因天氣而異。此類小店不宜追求服務，就像不必強求冷暖氣和玻璃自動門配備齊全，客人吃進嘴裡的滋味，才是老店長治久安的硬道理。

根據既有口述歷史對照，李海創業在戰前，至少一九四〇年代即挑擔沿街叫賣滷肉飯，戰後進駐台中第二市場。如今講到李海魯肉飯，無論台中人外地人，直覺多半指向第二市場的總店。原子街分店雖也堪稱老店，卻遠不如總店年資，乃因應一九七五年「台中市中央公有零售市場」（簡稱中央市場）興建而生。抬頭看看李海原子街分店的招牌燈箱，至今還綴著一個「小吃部」的燈箱。時值二〇二〇年，中央市場已然黃花飄零，李阿海仍然穩站篤行路與原子街這兩條單行道的交岔街角，足見實力堅強。

第二市場總店是出名的「深夜食堂」，營業時間乃傍晚至凌晨。原子街分店則接棒開張，從清晨開到午後。總店與分店口味仍然略有些差異，尤其展現在配飯的醃菜，在總店有酸瓜酸菜醃蘿蔔輪番上陣，分店則是醃嫩薑獨挑大梁。持平來說，無論總店分店，好吃就是好店。就像全台灣都有滷肉飯，好吃就是好飯。

走筆到此福至心靈，想起架上一本Hally Chen的《遙遠的冰果室》走南闖北吃遍台灣冰果室，實在也很適合有一本概念雷同的《遙遠的肉燥飯》，從台灣頭吃到台灣尾。只是摸著體脂率日漸攀升的肚子我篤定，這本書肯定不是我來寫。

而且同樣吃滷肉飯，有人點名北投矮仔財、台北金鋒、三重今大、彰化阿泉，我業已首選台中李海。也同樣吃李海，有些人是總店派，認為總店才是一脈相承的老滋味，至於我——當然就是那句驕傲自滿的，我家巷口屌打——還用說嗎？我家巷口就是原子街的李阿海！

——選自《開動了！老台中：歷史小說家的街頭飲食踏查》，玉山社，二〇二一

楊双子

雙胞胎姐妹楊若慈、楊若暉的共用筆名。姐姐楊若慈主力創作，妹妹楊若暉主力歷史考據與日文翻譯，共同創作台灣歷史百合小說。

著有小說《四維街一號》，散文《我家住在張日興隔壁》，以及漫畫原作《綺譚花物語》等。並以《臺灣漫遊錄》獲美國國家圖書獎翻譯大獎、日本翻譯大賞與金鼎獎，售出英、日、韓等多國版權。

◉賞析——印記

李純瑀

說到吃，台灣人常有著極其堅定、不屈不撓的執著，好比端午節的南北粽大戰。是蒸是煮、包裹半熟米抑或熟米、適合蒸煮不同手法的粽葉、配料的種類和比例……樣樣講究，每一細項都在彼時引發台灣人的粽子南北戰，或許算是種飲食上的時代之樂，紛紛擁戴自家粽子口味的同時，也是護住自己熟悉的一切。

其實，吃是一回事，戰南北則是自成趣味的另一個話題，不戰，實實少了點節日調劑。

窺探嘴中乾坤的結果，必然是來自三江五湖的食物，到了不同地方後成了當地的樣子、增添上該地風貌，酸甜苦鹹的滋味各自開展新生脈絡，即便減損些發源地的風味倒也無妨。或許因為如此，擁護「本地食物」的根本樣子成為頭等重要之事。

同樣戰南北的還有這一味，它們是滷肉飯、焢肉飯、爌肉飯、肉燥飯。

《開動了！老台中：歷史小說家的街頭飲食踏查》以「台中」為根據地，描繪〈李海魯肉飯〉中南北滷肉飯、焢肉飯、爌肉飯、肉燥飯的製作過程與其名稱差異時，滷肉、焢肉、爌肉、肉燥的不同要人看了頭暈目眩，卻又附帶著垂涎三尺以及食指大動。

想當然爾，用筷子輕輕撥開滷肉、焢肉、爌肉、肉燥的同時，老店與分店皆成為在地人不滅的家鄉記憶。重點並非哪一個名稱才是「正確」，而是名詞之後的飲食習慣與文化方式，是多麼濃厚的鄉情。

食物一旦和歷史文化調和在一起，物質與精神的結合即成為吃重的角色，在舞台上引領眾人品嚐永不落幕、充盈著富足情懷的舌尖享受。因此，自家附近的迷人口味絕不是孤芳自賞，除了美食的誘惑，更是因為深諳店家的歷史風霜。至此，食物萌生為眷戀，成了一種特殊情結。

《開動了！老台中：歷史小說家的街頭飲食踏查》張羅著匯聚南北的台中美味，使感官與心靈濃郁而滿足；〈李海魯肉飯〉中的飲食情境更飽含了至情至性的滿口家鄉，甭管滷肉、焢肉、爌肉、肉燥，都得要吃上一次。

至於南北……先吃了再說吧！

阿霞飯店的往昔、現在與未來

吳健豪

與阿霞飯店密不可分的成長之路

以前的阿霞飯店不在現在這個地址，而是在觀亭街上。從我出生以來，有印象之後，我就住在店的樓上，每天早晨眼睛張開就是阿霞飯店這個地方，所以對我來說，它不僅是一個店、一間餐廳，它更是我的家，一直孕育我長大到今天，並潛移默化地影響我很多想法，也牽起無限的情感。

從小我幾乎天天進出廚房，下樓第一件事就是跟家裡的長輩用日語打招呼，因此和全家族一起生活是我的日常，也因為做生意的關係，大家庭的每個人不論平假日都很忙碌。那時的我一直都沒想到，它會是一間多麼了不起的餐廳，也沒奢望過它以後會是一間有名的店。在學校不會跟同學提到我們的餐廳，也沒幾個同學知道我家在做什麼，除非他們正好經過店門口，看到我在裡頭洗杯子，才會知道這是我家開的店。

我們家是很大的家庭，所以不僅逢年過節，就連平常的大小事都會串聯在一起，是自然而然形成的規矩。我的姑婆吳錦霞是家族裡重要的核心，會帶著全家人一起去掃墓拜拜，甚至姑婆的生日，都會全家人一起出現，每次團聚都是五、六十人。我是我們這一輩裡，算是年紀較長的，我們姓吳的到我這一輩，真正有在店裡生活長大且工作的，就是我跟我的弟弟吳偉豪。

從小就知道爸爸與媽媽在這家餐廳的壓力相當大，以前是阿公在開店閉店，後來才換成我爸。我從小就看著爸爸酗酒的模樣，最極致的那段日子，他幾乎沒有清醒過，也因此把身體搞壞。身體最差最嚴重之時，是某年的除夕夜，全家人與全餐廳的人都在忙，但爸爸突然不見了，後來才知道他跑去廁所吐血，接下來就是叫救護車把他載走。我記得那時候我非常生氣，甚至質疑我敬重的姑婆與叔公，因為當下我覺得爸爸會變成這樣，都是他們造成的，當時更拜託長輩不要再去責備我的母親。這是我印象很深刻在家族中發生衝突的事件，同時也顯現出我對這間餐廳夾雜許多複雜的情感。

在我記憶中，其實沒有什麼出去玩的時間，國中之後，上課以外的時間，除了去補習，就是知道要乖乖回家，在店裡幫忙。台南人的成年禮——「做十六」，是地方上慣有的習俗，儀式進行時，「做十六歲」者祭拜完七娘媽（織女）後，再由七娘媽亭下匍匐鑽過，藉此象徵已經由年少轉為成人了。時間點是在從國中要升高中的時候，那時候你才會知道自己，好像已經要長大了。我也就是在那個時候，才感受到未來要幫忙管理這家餐廳的預兆。

歷經起落的阿霞飯店

很多人以為阿霞飯店一路走來都很順遂，其實也曾有過慘澹歲月。號稱是台南首家五星級國際觀光大飯店「大億麗緻酒店」在二〇〇〇年開幕，當時嚴重影響到台南所有餐廳，台南有錢人都跑去大飯店吃飯、宴客。我跟阿美飯店的小老闆是同學，還記得我們結伴去日本料理店打工，一方面因為我們這樣獨立的餐廳當時生意真的太差了，另一方面那時年輕叛逆，讓我們不想在家裡幫忙。

二〇〇六年是阿霞飯店再度開始被矚目的契機，當年時任台中市長的胡志強與妻子一同到阿霞飯店吃飯，也因為一場市長與夫人遭遇的意外，報章媒體頭條報導，順帶提到阿霞飯店，也因此讓更多台灣人知道台南有間這樣的台菜老店。

再到二〇一〇年，我接手了阿霞飯店。我還記得當時的自己，經歷了被叫去簽署父親的病危通知書。那時的我，往前看是媽媽，往後看是弟弟，所以理所當然地，在主廚任性宣告不做了的時候，這家店也就只有我來扛，不為別的，光想著還有一大群員工等著，我就無法撒手不管。

如果人生可以重來，我不確定自己是不是還會像當初那樣，毅然決然地扛起這家店。在一九九七年爸媽帶我們去香港玩，那是我極少數出國旅遊的記憶，自從那次之後，就再也沒有海外旅遊的經驗。我也曾經有夢想，想著有一天要去日本學廚藝，後來因為接下這家店而失去了機會。不過我發現似乎想得到這些技藝，不一定要飄洋過海，我可以從書裡閱讀國外的食譜，通過不同方式依舊可以學到這些知識。

靠自己摸索，找尋記憶中的味道

剛回來接手時，受到很大的衝擊，就是真的全都得靠自己一個人來，沒有人可以手把手帶你。那時才知道，在旁邊看跟實際做是截然不同的。以前上一輩的人沒有想要教我，當我進廚房時，反而引起他們特別的眼光，所以幾乎是沒有太多基礎的。我當時堅持不讓別人來碰自己的工作崗位，因為我不會做，我想要靠自己摸索來把這些菜做好。那時我走進廚房，看著裡頭的鍋碗瓢盆和所有調味料，重新思索，回到以前在飯店實習的時候，老師傅不會特別教導你，我們總要自己揣想著這些食材與調味該如何組合。所以那時的我，就是一再地嘗試，再細細嚐出那個滋味，是否跟當初記憶中的是一樣。但那依舊還是不明確的，只是一種感覺，最後我自己想辦法調整出一個口味，那口味是針對大眾的中間值，也可能是安全值，更重要的是要自己與家人都能認同的口味。

首先被我定下來的料理，就是紅蟳米糕，因為它有既定的基本配方，例如花菇、肉、蝦米等材料分量，都是相對明確的。只要把醬油、糖和高湯等比例增減，因此不需花太多時間再去調整，因為它其實是一個按照我想要的味道而去呈現的菜色。因此它是我第一個確定好配方的菜品，也是從那時候確認了之後，就幾乎沒有再變化或微調配方了。儘管如此，有些食材還是會跟著時代而做變化，像以前的花菇一公斤只要五六百塊，現在卻要九百將近一千元，甚至有時高價還會買不到原本的好品質，這可能就是有些嘴比較刁的老客人認為現在的風味跟早期稍有不同的原因。

另外，因為太多料理都是手工菜，靠手工就會有人的因素，像蝦棗是用豬網紗靠純人工製作出來的，不同的人操作難免會有細微的誤差，但我們還是會盡量把誤差減低，每次的相同度至少都有達80％以上。雖然一直以來的初衷，都是怎麼把印象中「阿霞飯店」的味道重現出來，但在種種因素的影響與多方考量之下，在經過這麼多努力之後，這個滋味很無奈地更接近「阿『豪』飯店」了。讓我不敢很放肆地跟客人們打包票說，當年的滋味還依舊存在，但這些菜的味道的確是我心中「阿霞飯店」早期的那個味道。

翻開我們的菜單，我認為可稱為代表作的，同時也是我最自豪的就是炒鱔魚。當老一輩的人在炒鱔魚時，鱔魚的分量是直接靠手一抓，不用秤重，再抓一把洋蔥、一把辣椒、一把蒜頭。我叔公當年在炒菜的時候，爐頭上方有醬油、烏醋、米酒等，每次要炒時，就把這些調味料一起倒到大勺或小碗中調勻，也沒特別拿捏比例，就靠他的嘴稍微試過，就可判斷味道是否正確。可見當年的炒鱔魚並沒有所謂的SOP，因此我也不知道各個材料的比例，只能以記憶中的印象，去調出我心中炒鱔魚的黃金比例。而這後來也因應現代人的飲食習慣，例如減油、減糖等，因為以前的炒鱔魚真的偏油膩，每次吃完都會看到盤底一層厚亮的油。

不過這幾年下來，我對於「油」又有些釋懷與改觀，似乎不該一味地追求少油，因為有些菜色的確需要油脂來增加圓潤度；而有些本身很辣的菜色，就需要沾佐一旁的風味油，辣度就能降下來，因為嘴巴會被那層油保護著，這是蠻有趣的飲食體驗。就像吃麻辣鍋時，沾醬裡總會加入香油，中和火鍋食材的麻辣刺激，減低麻與辣的程度。所以上一代在做菜時可能略油了些，但可能也是有他的道理，菜色更亮更好看之外，更可能是要增加風味的多層次，以展現菜色的豐潤度。

——選自《一九四〇在臺南：老字號「阿霞飯店」的手路菜，重拾美味求真的圓桌印象》，出色文化，二〇二二

吳健豪

國立高雄餐旅大學中餐廚藝系畢業。

吳氏餐飲世家第四代傳人，為「阿霞飯店」第三代經營者兼主廚，亦創立「錦霞樓」、「鷲嶺食肆」及「A SHA三井店」。認為在台南把招牌掛起來，賣的不只是老字號，還有從上一輩留下來的經營理念；端上桌的不只是佳肴，還有店家努力維持的傳統。

◉賞析——傳燈

李純瑀

當老一輩離散，家，是否也即將跟著四處漂泊？

常是這樣的，客觀環境改變而既有模式已無法動彈，那麼就得歸零並重新開始，又或者加入新的元素使傳統得以在未來中延續出新的情節，階段性任務再度來臨。感慨於「信手拈來」的烹調過程不復再現，內外交迫之下的今非昔比勢必轉換成磅礴力量，置之死地而後生，挺過了癱坐在地的筋疲力盡，扭轉出新局面。如此，家就不曾消逝，始終屹立。

阿霞飯店的舊有保留以及嶄新版圖，就是這樣一幀幀守護的縮影。

老字號所經歷的苦恨繁霜，不啻為時代的無奈與崩塌。所幸始終有目光如初者修整著愈顯斑駁的招牌，傳統終將免於連根拔起之禍，反倒成了新舊交替的分水嶺。經典大菜是不能少的，推陳出新是必須的。然而新一代老闆從茫然中「靠自己摸索，找尋記憶中的味道」，握著從未產生SOP的菜譜，在舊雨新知間抓取平衡。是場戰役，每一桌宴席都在危急存亡之秋。

從專注味覺感受、料理過程到經營市場營銷，新舊兩代的雙手需得緊握。不同世代面臨著不同體系和客群，從小看到大的餐廳與廚房在〈阿霞飯店的往昔、現在與未來〉遂承接著更深厚的重量，貫穿今昔的在新餐桌上實踐與再現「家學」。

《一九四〇在臺南：老字號「阿霞飯店」的手路菜，重拾美味求真的圓桌印象》從街邊小販而起，直至今日蜚聲遐邇的台菜餐廳。風光再起的背後，實是成如容易卻艱辛的意志、追求與熱情，新生代的使命感促使阿霞飯店運轉著不曾歇息的滋味與那老字號底下永不磨滅的美饌佳釀。

老牌菜肴依舊是不變的載體，承載不同世代的經歷與回憶，得以凝聚家庭、凝聚人情，縮短了人心距離。阿霞飯店的意義，即是如此。

筷子

食家飯

六點剛過，德興嫂嫂拎著一桶井水，從天井東面的牆根下，澆到西面的牆根下。一年中夏天的這幾個月裡，只要不落雨，德興總歸要在天井裡喫夜飯的。七月裡這時分，天還鋥鋥亮，天井的東面牆上，爬山虎爬了一天，牆角裡一叢竹子也養得好。在這個角落裡搭一張檯子喫夜飯，一點也不熱。

「嫂嫂，今朝小菜讚的呀。」前客堂的正江坐在台階上幫兒子拆洗腳踏車，搭訕著看德興嫂嫂擺檯子。德興嫂嫂要面子，德興要在天井裡喫夜飯，德興嫂嫂兩個小菜總歸要弄得特別像樣一點。哪怕炒個家常的毛豆茭白豆腐乾，豆腐乾邊邊角角都扦乾淨，骰子丁切得滴角四方。

德興洗完澡，頭髮濕漉漉一律向後梳著，換了條雪白短袖汗背心，清清爽爽地坐下來吃飯。他先將桌上四樣小菜像檢閱一樣，一樣樣看過來。往凍得冰涼的啤酒杯裡倒了大半杯青啤，喝一口，不緊不慢地取過檯子上那只筷匣。

德興端著筷匣，把四面撫一遍，彷彿要撫去筷匣上本就不存在的一層浮灰。筷匣的蓋子輕輕一推就滑開了，裡面裝著一對木筷。德興取出一雙，擱在面前一只骨盤上，又將筷匣蓋子滑攏，端端正正地放回碗盞上方，這才搛起一隻油爆蝦過酒。

「阿哥，每趟吃飯都看你這樣來一遍，像規定動作一樣的，吃力。」正江笑道。

「老鄰居，見怪不怪了喲。」德興嫂嫂從灶披間端了一碗飯出來，在德興旁邊坐下來吃飯。

「嫂嫂拿阿哥寵壞了，明明有一對筷子的，阿哥自己用一雙，藏起一雙，阿嫂用的就不一樣。」

德興嫂嫂溫和地笑笑著：「伊這雙筷子，兒子也不許用的。我自家這雙漆筷蠻適意。」

德興指指老婆手裡那雙漆筷，黑墨發亮的筷身，筷頭上一寸半血紅色，另一頭也是一點這樣的血紅色：「這漆筷，是早兩年在大世界[1]白相[2]贏來的。裡廂搭了一隻台，做啥智力競猜題，大獎就是這一套十雙漆筷。」

正江聽他說下去。「最後一道題目，問啥人能背誦〈琵琶行〉全文，我跳上去，一口氣背下來，就獎了我這套漆筷。」

「結棍的（厲害）。」正江說。知道德興本事是有的，當一輩子小學語文老師，屈才。

「台下的人窮鼓掌。主持人說：『昨天這個大獎也沒人得。儂要是再背得出〈長恨歌〉，還有一套筷子也歸你。』我又背一遍〈長恨歌〉，硌楞也不打一隻。」

「嘎[3]結棍啊。」正江十五歲的兒子叫起來。初中語文正好教這兩篇，老師讓背，全班一片唉聲嘆氣。

「還有一套，把手的地方灑金，家裡擺酒水，圓檯面上擺一圈，好看的。」德興嫂嫂給德興添半杯酒。

德興又搛起一隻油光紅亮的油爆蝦，對牢這隻蝦說道：「我這輩子，老婆是討著的，一手小菜沒話講，我的福氣。不過，這點小菜假使不是用這雙筷子搛，味道會不一樣。」

大家不響。德興將手裡的筷子往正江面前遞過去，正江看到筷子一頭刻著寸把長的花紋：「看到了伐，牡丹飛鳥。」正江再仔細看，果然看到筷身折角處，牡丹花叢裡嵌著兩隻振翅的鳥兒。

「這是我姆媽[4]的陪嫁，一套八雙黃花梨雕花筷。筷子上雕花不稀奇，稀奇的是一套裡八雙，八樣圖案，每樣對應一句吉吉利利的話。這一雙，是鶼鰈情深。你看到這兩隻鳥，就是鶼鰈裡的鶼鳥。」

黃花梨用久了，一層自然包漿。花雕得不深，浮浮的一層。花葉脈絡清晰，鳥兒振翅，羽毛纖毫畢現。

德興又取過桌上的筷匣，輕輕一推，打開匣蓋，露出筷頭上刻著的並蒂蓮，襯著荷葉田田，應該是連理、並蒂的意思了。

---

1 大世界：位於上海的一個大型室內遊樂場。
2 白相：上海話，意指「玩樂」。
3 嘎：上海話，意指「這麼」。
4 姆媽：上海話，意指「媽媽」。

「今朝開眼界。」正江讚嘆，「哪能只有兩雙了？」

「沒了。抄家，紅木家生一堂，抄家的自己拉去用，西洋古董家生肯定看不懂了，當柴爿劈掉了。藏在花盆裡的金條，夾在草紙裡的存摺，通通被抄光。一根鑽石項鍊藏在我身上，沒抄著。結果這幫赤佬[5]轉頭看到阿爸姆媽結婚照上，姆媽頭頸裡戴著，還是逼著姆媽交出去了。從小服侍姆媽的娘姨，心急慌忙中撈起這把陪嫁筷子丟在廚房間筷筒裡，總算沒人注意。最後剩下這四隻，配得起兩雙筷子。」

「六歲開始阿爺就每天教我一首唐詩，整本唐詩三百首背下來，忘也忘不掉。這點幼功，換來兩套筷子。屋裡一份家當，也剩下兩雙筷子。想想，滑稽。」

「做人是這樣的。」正江不知道怎麼接話。德興又自顧自說下去：「我外頭隨便吃什麼，不用店裡的筷子的。日本料理再高級，我也是帶了自家這雙過去，否則吃不來。」

「日本人筷子頭上尖，最像鳥喙，是筷子發明時的原始形狀。這便於用來吃日本人的生魚片。」正江的兒子像背書一樣插一句。

「現在的小孩有見識，啥都曉得。我們十五、六歲時，戇頭戇腦的。」德興說。

「還有韓國人的銅筷，因為韓國人經常吃燒烤，銅筷不會燒焦。」

「韓國人的筷子用起來真是難過，又重又滑，用這個筷子吃滑嗒嗒的韓國冷麵，真是吃過吃傷。」正江看看兒子，這是他一生所有的盼望，他自己不吃不用，也一定要讓兒子吃過、用過，「我還是覺得一雙毛竹筷最好，捏得牢、夾得牢菜。一筷子下去，半張蹄膀皮搛起來了。再一筷子下去，半隻扒雞，連皮帶肉搛起來了。」

德興、德興嫂嫂，全都笑起來，正江自己也有點不好意思：「阿哥，三樓馬阿姨屋裡幾雙筷子也考究的，象牙筷，有的也有雕花。」

「哼。」德興不屑，但還是放低了聲線，「看不慣這種人，興入黨了，就削尖頭打報告，爺娘成分不好也可以不來去。興出國就削尖頭送小人出去，親親眷眷，鈔票一圈借下來。啥曉得這幾雙筷子啥來路。現在興吃素養生，伊又開始吃素了，吃素用啥象牙筷、洋盤。」

「噢，還有這個講法。阿哥，聽說最好的筷子是慈禧太后用的金快子銀筷子，

5 赤佬：上海話，意指「壞人、壞東西」。

碰到菜裡有毒……」

「烏攬，驗毒是用菜碗裡的銀牌，哪可能叫慈禧太后夾著一筷子菜等它發黑不發黑。而且金屬筷子你也用過了，多少難過。這種筷子是做做場面儀式的，真的給慈禧用，要殺頭了。」

「那麼紫檀呢？紫檀好還是黃花梨好？」

「海南的黃花梨不輸紫檀的，越南黃花梨就差遠了。紫檀好是好，不能做筷子，會得褪顏色。」看出正江有點不信的神色，德興補一句：「你不相信，問樓上端木爺叔，伊屋裡新中國成立前做古董的，肯定曉得。」

二樓後樓，端木把天井裡的這段對白聽得清清楚楚。德興說得對，紫檀不能拿來做筷子，會得掉顏色。他拉開床頭櫃的小抽屜，取出一隻細長的手絹包，裡面卻正是一隻紫檀筷子。不過筷頭那一半鑲了一段純銀，好像被經常摩挲，發出古舊的光華。手握筷子的一端，紫檀沉沉的光襯著細碎的螺鈿嵌，花團錦簇。

另一隻，大概仍然綰在那個女子的頭髮上。光是她拈著這隻筷子往髮髻旁一簪這個動作，就曾經讓年輕的端木血脈僨張。兩人終究沒有在一起，端木臉皮薄，祖母當寶一樣遞在他手中的一雙筷子，也就此拆散了。端木現在再取出看這隻紫檀銀筷的時候，不會像剛開始那樣心潮難抑了。他覺得就像正江說的，做人，就是這個樣子的。

——選自《有風吹過廚房》，聯合讀創，二〇一七

食家飯

美食專欄作家，被譽為「廚房裡的張愛玲」、「上海最懂得吃的寫字人」。文字常刊於《上海壹周》、《香港商報》、《經濟觀察報》、《橄欖餐廳評論》、《申報》等媒體。

◉賞析——虛幻

李純瑀

於飲食文化而言，大宴小酌或尋常餐食是一回事，搭配的食器絕對是另一條路線的重鎮。

食家飯，會吃能吃懂吃寫吃，《有風吹過廚房》訴說著自灶間蒸騰而出的各地風味，大宴小酌以外還牽引著廚房中的景色，在場景轉換中從容炊煮俗世間的宴席、家常菜、地方菜，在白茫茫的熬煮氣息中伴隨著雖已遠去又反覆回望的「食光」。每段故事都飽嚐來自四面八方的滋味，既寫吃亦寫時代，一如〈筷子〉微妙運轉著老去的繁華與私密記憶，挾出了德與一家人零零散散的浮世情懷，何其沉甸甸的曾經。

曾聽過一玩笑話：「樹小房新畫不古，此人必是暴發戶」，細想竟有番嘲諷的深刻道理。當日常中的物件從實用價值跨越到了審美取向，大抵就是吃飽喝足以後的事了。

那麼，握著〈筷子〉的手，何以顯得如此生澀而不協調？

若不問來處，物件品質的確常是身分的象徵。當眾人各懷心事，盡情放任著已是禁臠的筷子壓下狼狽、遮住舊情。莫非只要持著紫檀、黃花梨筷吃喝，笑鬧中，一切就真的從此安寧了嗎？若無其事四個大字以誘人姿態擺盪於人心，如同難以在老舊膠卷中看清畫面，但只要物品還就在手中，前塵舊夢就好像不曾轉世輪迴，仍具有津津樂道的價值，足以在稀稀落落的話語和記憶中填滿此刻，那德與一群人顧左右而言他的此刻。

食家飯在食器故事中，往飲食美學的路上拋下了坑坑疤疤，就是那雙早已不成調的〈筷子〉，無論多麼伏手、如何精緻……笑聲戛然而止……不如作罷……

國家圖書館出版品預行編目(CIP)資料

懸在心頭的滋味：國民飲食文學讀本/李純瑀編著. -- 初版. -- 臺北市：麥田出版：英屬蓋曼群島商家庭傳媒股份有限公司城邦分公司發行, 2025.07
面； 公分. -- (麥田文學；337)

ISBN 978-626-310-913-1 (平裝)
1. CST: 文學鑑賞 2. CST: 飲食 3. CST: 文集

810.77 114006863

麥田文學337

懸在心頭的滋味
國民飲食文學讀本

編　　　著　李純瑀
責 任 編 輯　林秀梅　陳淑怡　陳佩吟　于子晴
校　　　對　杜秀卿

版　　　權　吳玲緯　楊　靜
行　　　銷　闕志勳　吳宇軒　余一霞
業　　　務　李再星　李振東　陳美燕
副 總 編 輯　林秀梅
總　經　理　巫維珍
編 輯 總 監　劉麗真
事業群總經理　謝至平
發　行　人　何飛鵬

出　　　版　麥田出版
台北市南港區昆陽街16號4樓
電話：886-2-25000888　傳真：886-2-2500-1951
發　　　行　英屬蓋曼群島商家庭傳媒股份有限公司城邦分公司
台北市南港區昆陽街16號8樓
客服專線：02-25007718；25007719
24小時傳真專線：02-25001990；25001991
服務時間：週一至週五上午09:30-12:00；下午13:30-17:00
劃撥帳號：19863813　戶名：書虫股份有限公司
讀者服務信箱：service@readingclub.com.tw
城邦網址：http://www.cite.com.tw

香 港 發 行 所　城邦（香港）出版集團有限公司
香港九龍土瓜灣土瓜灣道86號順聯工業大廈6樓A室
電話：852-25086231　傳真：852-25789337
電子信箱：hkcite@biznetvigator.com

馬 新 發 行 所　城邦（馬新）出版集團
Cite（M）Sdn. Bhd.（458372U）
41, Jalan Radin Anum, Bandar Baru Seri Petaling,
57000 Kuala Lumpur, Malaysia.
電話：+6(03)-90563833　傳真：+6(03)-90576622
電子信箱：services@cite.my

封 面 設 計　朱　疋
電 腦 排 版　宸遠彩藝工作室
印　　　刷　沐春行銷創意有限公司

初 版 一 刷　2025年7月24日
定價／　400元
ISBN：978-626-310-913-1
978-626-310-912-4 (EPUB)

城邦讀書花園
www.cite.com.tw